3分で不穏！
ゾクッとするイヤミスの物語

『このミステリーがすごい！』編集部 編

宝島社
文庫

宝島社

3分で不穏！ ゾクッとするイヤミスの物語

『このミステリーがすごい！』編集部 編

宝島社

3分で不穏！

ゾクッとするイヤミスの物語［目次］

ふたり、いつまでも

中山七里

初出『5分で読める！　怖いはなし』（宝島社文庫）

ベッドの上の希美《のぞみ》はもう生者の顔をしていなかった。血の気が失《う》せている訳ではないが、閉じた目蓋が開くようにはとても思えない。

国分多香子《こくぶんたかこ》は真田《さなだ》医師に促されてベッドの脇に立つ。

集中治療室の中、希美の身体《からだ》は何本ものチューブで医療機器に繫《つな》がって生命を維持している。人工心肺の起動音と各種モニターだけがその生存を教えている。

本来、集中治療室には肉親が入ることも制限されているが、担当医の真田は特別なのだと説明した。

「意識は依然として戻っていません」

真田は抑揚のない声で言う。

「階段から落ちた際、段の縁で何度も腹部を強打したのでしょう。肋骨《ろっこつ》を折った後、膵臓《すいぞう》と肝臓を破裂させています」

「妹は、希美は助かるんでしょうか」

「臓器の損傷具合が激しいため、移植手術が必要になります。目下《もっか》、懸命にドナーを探していますが……日本ではまだまだ臓器移植のシステムが整備されておらず、慢性的にドナーが不足しています。だから、すぐ手術に移れる訳ではなく、今のところはこうして延命措置をするのが精一杯なのです」

申し訳なさそうな口調は、真田の真摯な性格を表していた。

「せめて手を握ってあげてください」

せめて、という言葉が希美の容態を物語る。

「手を握っているのが分かるんですか」

「外部からの刺激には反応しません。しかし、それでも握ってあげてください」

真田の言葉は静かで熱が籠っていた。

「脳波計を見る限り、聴覚や触覚が機能しているとは思えません。しかし、脳というのは現在の医学においても未知の領域です。全てが解明されている訳ではない。それに脳波というのは単に神経細胞の電気活動であって、感情や意識を表すものではありません。たとえモニターには表示されなくても、患者さんがお姉さんの手の温《ぬく》もりを憶えているのなら意識の奥深くで認識していることだって有り得ます」

誘われるままに多香子は希美の手を握る。冷たい手だ。指の腹で軽く擦《さす》ってみるが、握り返すことはもちろん、指がぴくりと反応することもない。

耳元で囁《ささや》いてみる。

「希美。ねえ、希美ったら」

それでも目蓋は動かない。マネキンのように凝固した表情もそのままだった。

「目を覚ましなさいよ。わたしを一人にするつもりなの。いつまでも一緒だって言ったのは希美じゃない」

希美の身体を揺さぶろうとすると、寸前で真田に止められた。

「気持ちは分かりますが……」

「先生、このままドナーが現れなかったら、いったい妹はどうなるんですか」

「脳死ではありませんから、すぐにどうということではないのですが、意識が回復するのかどうかも明言はできかねます。今はただ妹さんの体力と精神力に希望を託すしかありません」

明言しなくとも言葉の端々から絶望が聞き取れる。延命措置を続けていても、内臓が損傷したままでは長らえるはずもない。そのくらいは素人《しろうと》の多香子にも分かる。

「先生、どうか、どうか妹を助けてやってください。わたしには、もうたった一人の家族なんです」

多香子は何度も何度も頭を下げる。

顔を上げてみると、目の前の真田は沈痛な面持ちだった。その表情が尚更希美の重篤さを示している。

「とにかくわたしをはじめ、チームは全力を挙げて治療に当たります。可能なことは全て試みるつもりです」

病院から出てしばらく歩いていると、多香子は口元が緩んでくるのをどうにも抑え切れなくなった。

いい気味だ。

内臓破裂で意識不明の重体。即死ではなかったものの、このまま移植手術が行われなければ希美は早晩死ぬ。臓器移植に関しては多香子も小耳に挟んだことがある。日本の場合、ドナー患者となるのは大抵が交通事故などで脳死状態になった遺体に限られる。そんな遺体が都合よく一日に何体も発生するはずもなく、更には提供される臓器が希美の身体に適合するかどうかという問題がある。

つまり希美が臓器提供を受けられる可能性は甚だ低い。

天罰だ、と多香子は思った。妹の癖に姉の男を寝取るような真似《まね》をするから、こういう目に遭うのだ。

希美は子供の頃からいつも多香子の物を欲しがった。キャラクターグッズ、服、靴、化粧品、バッグ、部屋――お姉ちゃんの持っているこれが欲しい。そう言われると、多香子は渋々ながら自分の持ち物を譲るしかなかった。今は亡き両親からそういう風に躾《しつ》けられてきた。そして悔しいことに、与えた物は多香子よりも希美にお似合いだった。

希美は自分が多香子よりも魅力的であることを知っていた。自分がねだりさえすれば多香子も、そして周囲の人間も逆らわないことを本能的に知っていた。

だから自分の恋人を初めて希美に紹介する時も嫌な予感がしたのだ。お姉ちゃんの持っているこれが欲しい、などと言われはしまいかと。

嫌な予感ほど的中する。希美はたったの二週間で多香子から恋人を奪い取ってしまった。多香子の知らないうちに数回のデートを重ね、ついでに肌も重ねていた。

ごめんね、お姉ちゃん。でも、どうしようもないの。あたし本当にあの人が好きなの。

希美は神妙に頭《こうべ》を垂れたが、その様は子供の時分、自分から宝物を掠《かす》め取って舌を出していた時の希美と寸分変わりがなかった。

このままでは自分の人生をそっくり奪われる――恐慌が積もり積もった憎悪を誘爆させた。

あの日、多香子は会社帰りの希美を尾行していた。強い雨が降っていたせいもあり、街灯の少ない歩道橋付近は人気《ひとけ》がなかった。

雨音で多香子が近寄る音は掻《か》き消されていた。歩道橋を下りようとしていた希美の背中を思いきり押すと、希美の身体は呆気《あっけ》なく滑落していった。階段に身体が激突する音を数回聞いた。

階段の下に横たわる希美を見たら、急に恐ろしくなってアパートに逃げ帰った。目撃者はおらず、通りかかったクルマもなかった。希美自身、誰に押されたのか知る由もなかっただろう。それでも恐怖と不安で多香子は一睡もすることができなかった。

警察からの報せ《しら》を受けたのは翌日になってからだった。妹さんが歩道橋で足を滑らせ、転落して怪我をした。重傷なのですぐ病院に向かった方がいい——。

多香子は小躍りしたくなった。どうやら警察も、希美の転落は事故と判断しているらしい。これで希美が死んでくれれば、もう自分を脅かす存在は何もない。

やっとわたしにも平穏が訪れる。

多香子がそう胸を撫《な》で下ろした時だった。

いきなり背後からけたたましいクラクションの音が鳴り響いた。

振り返った瞬間、視界の隅で乗用車のボンネットが迫ってきた。

直後に強い衝撃を受け、多香子の意識は宙空に四散した。


意識が戻った時、多香子は暗闇の中にいた。

視界は完全に遮られている。しかし、朧《おぼろ》げながら周囲の音だけは聞こえる。

「病院を出た直後に事故に遭うなんて……つくづく不運な姉妹だ」

どうやら真田の声らしかった。

「お姉さんは頭部を強打。四肢や臓器には損傷がないにも拘《かか》わらず、既に脳死状態とは」

脳死状態？

どういうこと？　ちゃんと話し声は聞こえているのに。

その時、不意にあの言葉が甦《よみがえ》った。

脳というのは現在でも医学において未知の領域です――。

「でも先生……」

「ああ、分かっている。悲劇だけではない。お姉さんの死は奇しくも妹さんの命を救うことになるかも知れない」

「本当に奇跡ですね。二人のＡＢＯ型、前感作抗体、ＨＬＡが全て適合するだなんて」

「姉妹だからこその奇跡だ。肉親だから術後の拒否反応も少ないだろう。お姉さんがドナーカードに臓器提供の意思を示してくれていたのは全く僥倖《ぎょうこう》だった」

誰かの手が露出した腹に触れた。

何ということだ。触覚も戻っているではないか。

多香子は叫ぼうとした。だが口蓋はおろか、身体のどの部分も命令系統が断ち切れたように応答しなかった。

「臓器を損傷した妹に脳を損傷した姉。これは神のご意思なのかも知れない。ずっと一緒にいたいというお姉さんの気持ちに、きっと神が応えたのだろう。これで二人はいつまでも一緒になれるのだ。ひどく皮肉な形でだが」

わたしの臓器を希美の身体に？

わたしはまだ生きているのに。

やめて。

助けて。

「既に脳死判定は下されている。一刻を争う。直ちに臓器摘出手術に入る」

「はい」

そしてメスがＹ字切開で身体の中に入ってきた。切り開かれ、肋骨が切除されていく。多香子の脳は絶叫することさえ許されず、その激痛を延々と感知し続けた。

私のカレーライス

佐藤青南

初出『「このミステリーがすごい！」大賞10周年記念　10分間ミステリー』（宝島社文庫）

熱した鍋から、ぱちぱちとサラダ油の弾ける音がする。まな板を傾けて角切り肉を流し込むと、じゅわっと白い煙が上がった。赤い断面がみるみる白く染まっていく。肉の焼ける香ばしい匂いのせいで、口の中に唾液が溢《あふ》れてきた。

「美味《おい》しそう、ねえ、このまま食べてもよさそうじゃない」

返事はない。独り言になってしまったことが不満で、私は頬を膨らませた。

「全部食べちゃうからね」せめてもの捨て台詞《ぜりふ》を吐いて、コンロに向き直る。

焼けた肉の表面が、しっかりと旨みを閉じ込めたようだ。今度は玉葱《たまねぎ》と人参《にんじん》を投入し、炒める。煮崩れしやすいじゃがいもは、最後のご登場。玉葱が透明になるまでじっくりと火を通してから、水を加えた。

カレーライスは健二《けんじ》の大好物だ。料理のリクエストを募ると、いつも決まってカレーライス。味覚がお子ちゃまよね。指摘するとあからさまにむっとするところが、さらに子供。そこがかわいいんだけど。

とにかく必然的に、カレーライスは私の得意料理になった。使うのは市販のルウだけど、料理本やネットで研究を重ねた私のカレーは一味違う。

沸騰した鍋から丹念に灰汁《あく》を取りながら、無意識に鼻歌を口ずさんでいた。イギリスのなんとかというバンドの曲だ。健二と付き合い始めてから、すっかり洋楽派になってしまった。もともとはJポップ一辺倒だったのに。すっかり健二色に染まってしまったのは悔しいけれど、変わっていく自分には驚きと、そしてなにより喜びを感じる。

健二と出会ったのは二年近く前のことだった。きっと結婚式では、きっかけは友人の紹介、ということになるのだろう。ようするに合コンだ。

最初、大学時代の友人から誘われた時点では乗り気じゃなかった。そもそも私は合コンというものが好きじゃない。女漁《あさ》りに目をぎらつかせた、ちゃらい男どもが集まる催しというイメージしかなかった。それでも参加したのは、親友の莉緒《りお》も行くことになったからだ。

出会いを求めていたわけじゃない、女友達との同窓会の感覚だった。などという弁明は、もはや説得力ゼロだろう。結局私は、合コンで出会った健二と恋に落ちたのだから。

ただ一つだけ言い訳をしておくと、私はその日のうちにほいほいと男について行ったわけではない。社会に出て五年。その間、恋愛ではけっこう痛い目にも遭った。とくに妻子ある男との二年はつらかった。もう失敗はしたくないし、年齢的にはそろそろ結婚を見据えた交際もしたい。出会ってから半年間、慎重に相手の人間性を見定めた末の決断だった。

炒めた肉と野菜をじっくり煮込むこと三十分。普通ならルウを入れるところだが、私のカレーはここからが違う。チョコレートを一かけと、スプーン一杯のウスターソースを入れて、さらに十分煮込む。この隠し味で、市販のルウにもぐっと深みが出る。

「そんなもの、入れても入れなくても味は変わらないよ」

いつも健二は言うけれど、胃袋は正直だ。隠し味を入れるようになってからお代わりの回数が増えたことに、私は気づいている。

「そんなこと言うの？　デリカシーの無い男だね」

次に浮かんだのは、腕組みをし、唇を曲げた莉緒の不満そうな顔だった。

たしかに健二はデリカシーの無いやつだよ、部屋は散らかすし脱いだものは脱ぎっぱなしだし、煙草《たばこ》はベランダか換気扇の下でって言ってるのに、部屋に行くといつも煙草臭いし。でもいいところもいっぱいあるんだよ。やさしいし、おもしろい冗談を言って笑わせてくれるし、音楽とか映画とか、私の知らないことをたくさん教えてくれるし……。

私は頭の中で反論する。そして頭の中でしか反論できない自分に、少しいらっとする。

最初から、莉緒は健二のことをよく思っていなかった。「合コンに来る男なんてろくなやつじゃないって」と、自分も合コンに行ったことを棚に上げて健二を批判した。当然付き合うことにも反対されたし、付き合い始めてからはことあるごとに「別れたほうがいいよ」と助言めいた口ぶりで言う。たしかに私よりも莉緒のほうが経験豊富だし、そのぶん男を見る目もあるのかもしれないけれど、頭ごなしに決めつけられるのはおもしろくない。そもそも健二のことは、私が一番よくわかっている。

莉緒に健二のなにがわかるっていうの——などと、はっきり口にできればいいのだけれど。残念ながら、私は思いを言葉にするのが苦手だ。いつもその場では、なんとなく言いくるめられてしまう。遅すぎる怒りに、ベッドで枕に顔を押しつけて悶絶《もんぜつ》するのがお決まりのパターンだった。

「そんなんだから変な男に引っかかっちゃうんだよ」

冷ややかな莉緒の分析には、反論の余地がない。妻子ある男に家庭を捨ててくれと要求できず、ただ都合よく性欲の捌《は》け口にされた過去がある。

だけど今回ばかりは、自分の選択に絶対の自信があった。この人しかいない。離れたくないし、離れてしまえば生きていけないとさえ思う。運命。こういう感覚、たぶん莉緒にはわからないんだろうな。だって男をとっかえひっかえだもん。

ま、いいんだけどね、誰にでも間違いはあるものだし。

私は思考に一方的な決着をつけて、まな板の上でルウを刻む。こうすることでルウが溶けやすくなるし、ダマにならない。

傾けたまな板を包丁で薙《な》ぎ、火を止めた鍋にルウを流し込んだ。これでとろみがつくまで煮込めば完成だ。キッチンを包むスパイシーな香りが、食欲を刺激する。

「もうすぐできるからね」

そう呟《つぶや》いたのは、胃がぎゅるると鳴ったのを誤魔化すためだった。健二には聞こえていないとわかっているのに、耳まで熱くなっている。私は手の平でぺちぺちと頰の火照《ほて》りをなだめながら、鍋をゆっくりと混ぜた。

頃合いを見ておたまを持ち上げ、傾ける。ぽとりと落ちたカレーが、鍋の液面に膨らみを作った。うん、いい感じ。完成。

皿にご飯をよそい、カレーをかけた。冷蔵庫のホルダーから冷水筒を取り出し、グラスにラッシーを注ぐ。牛乳とヨーグルトで作った自家製ラッシー。カレー専門店みたいだねと、これが健二には好評なのだ。

リビングのテーブルに、皿とグラスを並べた。いただきますと合掌をして、スプーンを握る。そのとき、フローリングに置いたハンドバッグの中で携帯電話が振動した。お預けを食らった私は不満に唇を歪《ゆが》めながらも、ハンドバッグを引き寄せた。

「あの……」電話は莉緒からだった。

「健二から、聞いた？」莉緒の声に混じる怯《おび》えの原因は、わかっている。

「うん、聞いたよ」私は頷《うなず》いた。

健二は私に、別れたいと言った。莉緒のことが好きになってしまったと言った。以前からアプローチされていたのだと。莉緒は健二のことが好きだった。だから私たちの仲を割こうとしていた。健二の告白で、私はそれまでの理不尽な非難の理由を知った。

「私からも……謝ろうと思って」加害者のくせに、涙声の莉緒はまるで被害者だ。こういうところが昔からずるい女だった。私はずっと、この女にいいように利用されてきた。

「ううん、いいの、もう」それでも私はかぶりを振る。無理しているわけではない。今夜は枕に顔を押しつけて悶絶するのかもしれないが、少なくとも今、私は怒っていなかった。だから私も悪かった。親友のふりをする女にまんまと騙《だま》された。恋人の心の揺れにも気づけなかった。かつての莉緒なら言ったかもしれない。そうやって自分を責めちゃうところがよくないよと、かつての莉緒なら言ったかもしれない。でも仕方がない。これが私だ。私にはこうすることしか、できない。

「今、カレー食べてるの、健二の好きなカレーライス」

私は携帯電話を顔にあてたまま、カレーライスの皿の前に戻った。両膝を立てて座り、空いたほうの手でスプーンを握る。

戸惑う莉緒は、私の言葉をあてつけと解釈したのだろう。あてつけなんかじゃない。むしろ清々《すがすが》しい気分だった。ようやく自分の気持ちに素直になれた。そういう意味では、莉緒に感謝しなければならないのかもしれない。友達には、もう戻れないけれど。

「ひょっとして、まだ健二と一緒なの……？」

莉緒の声がかすかに震えているのは、よりが戻ったのかと不安になったせいだろう。

「うん、一緒だよ」私はカレーをスプーンですくった。

「健二は？　今どうしてるの？」親友を装っていた女の声が、本性を顕《あらわ》に鋭くなった。

「今、ここにいる、莉緒とは付き合えないって」

「嘘《うそ》！　そんなはずない！　健二を出してよ！」

負け犬の遠吠えを無視して、スプーンをぱくりと咥《くわ》える。うん、美味しい、最高。

今日のカレーは過去最高の出来かもしれない。

「誰にでも間違いはあるよね」

口の中に広がる幸福に、私はすべてを赦《ゆる》す気になっていた。健二は間違えた。私を裏切った。私を捨てて、莉緒を選ぼうとした。でも、もういいよ。赦す。だってこんなに美味しいカレーを食べてしまったら、怒ってなんていられないじゃない。

ただ一つ残念なのは、この幸福を健二と共有できないことだ。

健二にも食べさせたかったなあ——。

感傷に浸ったのは、ほんの一瞬だった。次の瞬間には、私は噴き出していた。なんて馬鹿なことを考えたのだろう。健二がこのカレーを味わうなど、ありえないのだ。

私は腹を抱えて笑い転げた。

「ちょっと、なに笑ってるのよ！」

莉緒が半狂乱で喚《わめ》く。必死さが滑稽《こっけい》で、よけいに笑いが止まらなくなった。笑っているのに不愉快な気分が広がって、私は携帯電話の通話を切ってベッドに放り投げた。

震え続ける携帯電話を無視して、スプーンでカレーをすくう。

「赦してあげるから、ずっと一緒にいてね」

スプーン越しに健二の幻影に微笑《ほほえ》みかけた。カレーを口に含む。

「すごく美味しいよ、健二」

私は泣いていた。どうして涙が流れるのだろう。こんなに幸せなのに。こんなに満たされているのに。どうしてだろう。私は涙を拭いながら、カレーを口に運び続けた。

奥歯が肉を噛《か》み潰す。

口の中いっぱいに、健二の味が広がった。

かわいそうなうさぎ　武田綾乃

初出『５分で読める！　ひと駅ストーリー　冬の記憶　西口編』（宝島社文庫）

ぼくはうさぎを飼っていた。真っ白なのに汚れている、かわいそうなうさぎだった。

ぼくの通っていた保育園では毎年うさぎがたくさん子供を産む。狭い小屋の中ではそんなに多くのうさぎを飼えないから、先生たちは引き取り手を探していた。

「おうちの人にいいって言ってもらったのね？」

小学生のぼくに、先生はそう何度も念を押した。ぼくは何度も頷《うなず》いた。本当はうそだったのだけれど。

ぼくには三つ下の妹がいる。パパもママも妹が生まれてからは、ぼくにあまり構わなくなった。でも、ぼくは文句を言わないようにしている。お兄ちゃんだから。妹はぼくと違って子供だからわがままばかり言うのだ。妹の相手に忙しいパパやママに、うさぎを飼いたいだなんて言えなかった。迷惑を掛けたくなかったのだ。

段ボール箱に入ったうさぎは、予想以上にずっしりしていた。まだ生まれてから二か月も経っていないのに、ずいぶんと大きくなっている。出会った頃は、もっと小さかったのに。

保育園は小学校の近くにあった。だからぼくはいつも帰り道にそこに寄り道することにしていた。妹は私立の幼稚園に行っていたから、会うことは絶対になかった。

「そういえば、この前うさぎが生まれたの。良かったら見ていく？」

ある冬の日、先生は何気ない口調でそう言った。ぼくは頷いた。ママは動物が嫌いだけど、ぼくは動物が好きだった。学校では飼育係としてうさぎのお世話をしている。みんな動物は臭いから飼育係はいやって言うけど、ぼくはそうは思わない。生き物はみんな臭いものだから、臭いがするのは仕方ない。

「寝てるところだから驚かさないようにしてね」

先生はそう言って、ぼくにうさぎのいるゲージを見せてくれた。青いゲージの中には真っ白な母うさぎと、その周りで眠る数羽の子うさぎが見えた。生まれたてのうさぎは本当に小さかった。ぼくの手よりもずっと小さい。真っ白なうさぎがたくさんいる中で、端っこのうさぎだけが泥で汚れて薄汚かった。

「大きくなったらこのうさぎたちも元のうさぎ小屋に戻すんだけど、うさぎの数が多すぎて、餌を食べられない子が出てくるの。うさぎ同士で喧嘩《けんか》もするしね。家で飼ったら十年近くは生きるらしいんだけど、ここで飼うとあんまり長生き出来ないのよ」

ぼくはゲージの隙間から指を入れた。ひやりと冷たい感触が皮膚に張り付く。

その時、ピクリとも動かなかった薄汚れた一羽のうさぎが、こちらに向かって近付いてきた。うさぎはひくひくと鼻を動かして、ぼくの指先にその頭を擦り付ける。

「わあ！　かわいい！」

「きっと君のことを気に入ったのね」

先生はそう言って微笑《ほほえ》んだ。うさぎの毛はほわほわしていて柔らかかった。身体《からだ》を洗ってやったらきっと、真っ白な身体に戻るのだろう。多分、雪みたいなそんな色になる。ぼくは指先でうさぎの耳をいじりながら、先生の顔を見上げた。

「ねえ、このうさぎ飼っていい？」

先生はさっき言った。家で飼ううさぎは長生きすると。弱々しいこのうさぎも、きっと連れて帰ったら元気になるだろう。先生は腕を組むと、困ったような顔をした。

「まだ小さいから、もう少し大きくなるまで待ってくれないかな。それに、おうちの人に許可を貰《もら》わないと――」

「わかった！　待つ！」

先生の声を遮って、ぼくは元気よく返事した。パパやママにお願いする気なんて初めからなかった。

かわいそうなぼくのうさぎ。誰にも必要とされないで。

ぼくがこのうさぎを助けてやろう。ぼくはもうお兄ちゃんだし、パパやママの力を借りなくても、うさぎぐらい飼えるはずだ。お年玉だってずっと使わず貯《た》めてたし、飼育係をしていたおかげでうさぎの飼い方だって知っている。

「大丈夫だよ、先生。ぼくがこの子の家族になるの」

目の前の小さな小さな生き物が、ぼくにはとても愛《いと》おしく思えた。

だってこいつには、ぼくしかいないんだもの。

うさぎの入った段ボール箱はとても重かったので、ぼくは公園で一度休憩することにした。ランドセルをベンチに置き、ぼくは膝の上に箱を載せる。うさぎが逃げないようにそーっと箱を開くと、うさぎは震えながら箱の中でちぢこまっていた。

「ねえ、寒いの？」

まだ六時なのに、あちこちで街灯が点《つ》いている。冬になると太陽は怠け者になって、あっというまに姿を消してしまう。

夜は寒いから嫌いだ。ダウンジャケットを着込んだぼくは、手袋越しにうさぎを撫《な》でる。うさぎの毛はこんなにふさふさだけど、ぼくの頭は髪の毛があっても寒いから、毛の量なんて寒さに関係ないのかもしれない。

「寒いのはいやだよね」

ぼくは首からマフラーを外すと、うさぎの身体に掛けてやった。うさぎは驚いたように耳をピンと立てていたけれど、やがてゆっくりとぼくの方に顔を近付けてきた。ぼくは顔を突き出すと、鼻と鼻でちゅーをした。うさぎは嬉《うれ》しそうだった。

家に帰ると、ぼくは段ボール箱を押入れに隠した。それから貯金箱を割って、お年玉を取り出した。トイレと、あとは餌も買わなくちゃならない。小学生のぼくには高いけど、でもうさぎのためならしかたない。だってうさぎには、ぼくしかいない。かわいそうなぼくのうさぎ。

「待っててね、今ごはんを買って来るから」

ぼくの言葉に、うさぎは嬉しそうにパタパタと耳を震わせた。

それからぼくは、だれにも内緒でうさぎを飼った。うさぎとぼくはすぐに仲良くなった。台所からこっそり取ってきたニンジンの皮をあげると、うさぎは嬉しそうにぼくに体をくっつけてきた。夜はふとんで一緒に寝た。うさぎはフンをたくさんした。それからおしっこもした。臭うとママにみつかっちゃうから、ぼくはこまめに段ボール箱を取り替えた。ぼくはうさぎを隠し続けた。

――だけどある日、妹にバレた。

ぼくが学校から帰ると、なぜか自分の部屋の扉が開いていた。さっと身体中の血が冷えていくのが分かった。恐る恐る扉を開けると、妹が段ボール箱からうさぎを取り出していた。うさぎは逃げるようにバタバタと暴れていた。

「なにやってるんだよ！　今すぐ離して！」

ぼくは思わず妹を怒鳴った。しかし妹はうさぎを離さない。

「離せって言ってるだろう！」

「ヤーダー！　ミウもうさちゃんだっこする！」

妹はブンブンと首を横に振った。その間も、うさぎは妹の腕の中でじたばたと暴れている。知らない人に触られてびっくりしているのだ。無理やり奪い取ろうとぼくが妹の腕を摑《つか》んだ瞬間、うさぎはぱっと妹の手から飛び出し、部屋の外へと逃げ出してしまった。まずい、リビングには今パパとママがいる。見つかったら大変だ。慌ててうさぎを追おうとしたぼくのシャツの裾を、妹が摑んだ。ハッとして振り返ると、その目は決壊寸前だった。

「ちょっ、ミウ――」

「うわあああああああああああああん！」

ぼくがなだめようとしたその瞬間、妹は急に大声で泣き出した。その音量にすっかり驚いて、ぼくはその場で固まってしまった。妹の泣き声を聞きつけたのだろう、パパとママが慌てた様子で二階へと上がってきた。

「どうしたの？」

ママの問いに、妹は泣きながら叫んだ。

「おにいちゃんが！　ミウのうさちゃんとった！」

「「うさちゃん？」」

パパとママが同時に首を傾《かし》げたところで、タイミング悪くうさぎが戻ってきてしまった。言い訳すら出来なくて、ぼくは洗いざらい白状した。うそを吐《つ》いてうさぎを引き取ったことや、内緒でうさぎを飼っていたこと、全部を。

「……ごめんなさい」

ぼくは謝った。パパとママは困ったように顔を見合わせた。

「このうさぎ、どうする？」

「保育園に戻すしかないわね」

そうママが言ったところで、妹が駄々をこねだした。

「ミウ、うさちゃんといっしょにいる！　絶対いる！　バイバイしたくない！」

パパとママは何とか妹を説得しようとしたけれど、妹はうさぎを飼うと言って聞かなかった。説得は一時間ほど続いたが、ついに根負けしたのか、パパが諦めたように息を吐いた。

「そこまで言うなら仕方ない。飼うことにしよう」

その言葉に、妹の顔がぱあっと明るくなった。

「うさちゃんとバイバイしなくていいの？　やったあ！」

無邪気に喜ぶ妹の姿を見て、パパもママも諦めたように笑い合った。うさぎもすっかり懐いたのか、妹のされるがままになっている。

「そうと決まれば、お家《うち》を買ってあげなきゃ。リビングでみんなでお世話しようね」

動物嫌いのママはそう言って、妹の頭を撫でた。妹は満開の笑みで、大きく頷いた。

この瞬間、うさぎはかわいそうではなくなった。一人ではなくなったんだもの。


その日の夜、ぼくはこっそりと部屋を抜け出して、うさぎのところへ行った。いつもはぼくのベッドで一緒に寝ていたから、離れ離れになるのが寂しかった。家族はみんな眠っていて、リビングはしんと静まり返っている。フローリングが冷たかった。

はゲージの端に丸まっていた。ママが家を買ってきてくれたのだ。ぼくがうさぎの名を呼ぶと、うさぎはぱっちりと目を覚ました。ゲージを開けると、うさぎじゃれるみたいにぼくの膝へと飛び乗った。うさぎはぼくのことが好きなのだ。

ぼくはうさぎと鼻をくっつけて、それからその首に手を伸ばした。指先で顎の下を撫でると、うさぎは気持ちよさそうに目を閉じた。ぼくはそのまま力を込め、小さなうさぎの首をしめた。ポキッと悲鳴みたいな音がして、すぐにうさぎは動かなくなった。うさぎは死んでしまったのだ。その死骸を見下ろして、ぼくは大きく溜息《ためいき》を吐く。

「だって、仕方ないじゃん」

かわいそうじゃないうさぎは、ぼくには必要ないんだもの。

微笑む女

中村啓

初出『もっとすごい！　10分間ミステリー』（宝島社文庫）

大きなお世話かと思ったが、おれは覚悟を決めてタツヤに例のことを打ち明けることにした。

「おい、タツヤ。大事な話があるんだ。落ちついて聞いてくれ」

「なんだよ、急にあらたまって……」

タツヤは昼食を終えて、旨そうに煙草《たばこ》を吸っていた。事態の深刻さがまるでわかっていないことに同情を禁じ得なかった。

このまま知らないでいたほうが幸せなのかもしれない、そう思った。だが、友達として、いや、おれの中の正義感が、是非を糺《ただ》せと訴えていた。

「おまえの彼女、浮気してるよ」

「え？」

「おまえの彼女、浮気してるって言ってんの」

「おいおい、声が大きいよ」

タツヤは首をめぐらせた。おれは「ごめん」と謝った。

「で、何だって、ユキコが浮気してるって？」

「昨日の日曜日、渋谷の交差点で信号待ちしてるとき、偶然、ユキコちゃんが知らない男の車の助手席に乗ってるの見たんだ」

タツヤはほっとしたように煙を吐き出した。

「昨日は、ユキコはおれと一緒にいたよ」

おれはゆっくりとかぶりを振った。親友にそんな悲しい嘘《うそ》をついてほしくなかった。

「おれも見間違いかと思ったよ。だけど、あれは間違いなくユキコちゃんだった」

「ずいぶんと確信を持って言うんだな。でも、おまえの見間違いだって。おれのユキコが浮気なんてするわけがないだろう」

タツヤは白い歯を見せて笑った。

タツヤがここまで恋人のユキコのことを信じ切っているのには理由がある。タツヤとユキコはまだ学生にもかかわらず将来を誓い合った仲だからだ。ユキコの夢は結婚して子どもを産み、幸せな家庭を作ること。さらに、育ちのいいお嬢様であるユキコはタツヤしか男を知らず、浮気をするようなふしだらな女ではないというわけだ。

羨ましい話だ。ユキコはその美貌から今年ミス・キャンパスに選ばれたこともあり、学園中の男子生徒がタツヤを羨望の眼差しで見つめている。正直なところ、おれも少なからず嫉妬している。だから、ユキコが浮気していることを知ったときはショックだったし、何も知らないで幸せに浸っているタツヤに非情な現実を突きつけてやろうと思った。

「タツヤ、女っていうのはわからんぞ」

「おまえが女の何を知ってるっていうんだよ。おまえまだ童貞じゃないか」

おれはぐうの音《ね》も出なかった。だが、女性経験がないからといって、女を語る資格がないということにはならない。

おれは反撃に出ようと言葉を紡いだ。

「女は変わるっていうじゃないか。ユキコちゃんも変わったんだよ。そして、変えたのは、タツヤ、おまえだ」

タツヤの目から力が失われる瞬間を見た。心当たりがあるのだ。

タツヤと知り合う前までは、引っ込み思案で内気な性格だったユキコは、まるで蛹《さなぎ》が蝶《ちょう》になるかのような華麗なる変身を遂げた。タツヤがユキコの女としての魅力を引き出し開花させたのだ。そして、半年前、ミス・キャンパスに選ばれたのを境に、ユキコは雑誌のグラビアやモデルといった芸能活動を始めた。社交的になり、男友達も増えた。それが原因だろう、最近では、タツヤとユキコが口論をするシーンが、あちこちで目撃されていた。

タツヤは夢見るような目をして言った。

「ユキコは何も変わらないよ。おれたちの愛も永遠に変わらない」

「実は、証拠があるんだ」

おれはノートパソコンを取り出すと、ディスプレイをタツヤに向けた。ここまでするのは酷かと迷ったが、タツヤがあまりにも頑固なために、おれも意地になっていた。

「これを見ろよ」

タツヤの表情が見る見るうちに変わっていった。おれが見せたのはとあるブログサイトだった。そのブログの作成者は、自分のデート模様を写真に撮って、日記に載せていたのだ。日付は先週の金曜日、ブログ作成者と思《おぼ》しき男性とその彼女の仲睦《むつ》まじい写真の数々がアップされていた。その彼女はどこからどう見てもユキコだった。

「これ、間違いなくユキコちゃんだよな？」

タツヤは明後日《あさって》のほうを向いた。「先週の金曜日っていえば、ユキコの誕生日じゃないか。やっぱり、ユキコはおれと一緒にいたよ」

おれは怒った。「もう嘘をつくのはよせよ。これだけじゃない。おれは複数の友達から、ユキコがおまえ以外の男と一緒にいたっていう目撃証言を得てるんだよ。あの女はあっちこっちで浮気してるんだよ」

タツヤは疲れたようなため息をついた。「わかってないな。まるでわかってない。じゃあ、聞くけどさ、おまえやその目撃者は、ユキコが動いているところを見たのか？」

「はあ？」おれは意味がわからなかった。

「だから、ユキコが動いているところを見たかって聞いてんの」

おれは車の助手席に乗ったユキコを思い出した。ユキコはただ助手席に座っていただけだ。別に動いていたわけじゃない。タツヤに見せたブログの写真も、写真だから静止しているし、複数の友達から聞いた話を思い浮かべてみても、公園のベンチで座っていた、部屋にいる写真を見た、バイクの後ろに乗っていたなど、ユキコが動いているところを見たわけではないことに気づいた。

「確かに、動いているところを見たわけじゃないけど、それがどうしたんだ?」

「それはな、ユキコじゃない。ダミーだ」

この男はいったい何を言っているんだろう。思考が追い付かず、おれの頭は空転した。

「あのな、いまの時代には、3Dプリンターなる代物があるんだよ」

3Dプリンターとは、コンピュータ上で作った3Dデータを設計図として、プラスチックの樹脂などを何層にも重ねていき、立体物を精巧に再現する技術である。カラープリンターのように、仕上げに色の塗装もできるため、本物と見まがうコピーを制作できる。3Dデータを作るのも簡単だ。アングルを変えて複数写した対象物の写真データさえあれば、3Dデータに変換することが可能である。つまり、ユキコを写した写真から、ユキコそっくりの人形を作り出すことができるのだ。

「いまやユキコは有名人だからな。いろんなやつがユキコの写真データを持ってる。3Dプリンターを持ってるやつなら、誰でもユキコのダミーを作れるってわけだ。でも、オリジナルはうちにいるよ」

「おれが見たのは3Dプリンターで作成されたユキコちゃんだっていうのか？」

タツヤは笑顔でうなずいた。

「そんな馬鹿《ばか》な！」

「だから、動いているところを見たか、って聞いたんだ。見てないだろう。それは3Dプリンターで作成したダミーだからだよ」

おれは絶句した。言葉が出てこなかった。

「心配してくれてありがとうな」タツヤが笑みを浮かべた。「だが、心配には及ばないよ。おれのユキコはちゃんとおれのところにいる」

タツヤはスマートフォンを操作して、一枚の写真を見せてくれた。それは、タツヤとユキコがにっこり笑って並んで写っているもので、彼らの手には今日の日付の新聞紙が握られていた。タツヤがまた操作すると、今度は昨日の日曜日の日付の新聞紙を持った二人の写真が出てきた。あまりにも用意周到なことに呆《あき》れたが、それはまぎれもないユキコとタツヤが一緒にいた証拠だった。

「そうか。おれの早とちりだったんだな。それにしても、おまえら毎日、その日の新聞持って写真撮ってるのか？」

「最近、おまえみたいにおれたちの関係疑うやつ多くってね」

「なるほど。ところで、ユキコちゃん、最近、見ないけど、どうしてるんだ？」

「ああ、元気にしてるよ。あ、おれいまから用事あるんで、もう行くわ」

そう言うや、タツヤは席を立ち、足早に去っていった。どこか違和感を覚えながら、タツヤの背中を見送っていると、同じ学科のマユミがやってきた。その顔には不安と疑念の色が浮かんでいた。

「ねえ、いまタツヤ君と話してた？」

「ああ、そうだけど？」

マユミは周囲をうかがうと、空いた席に座り、内緒話をするように声を落とした。

「あのね、最近ね、ユキコのことぜんぜん見ないの。誰もユキコと会ってないの。それで、携帯に電話するとね。おかしな声で返事があるの。風邪《かぜ》をひいてるからって言うんだけど、なんだか男の人の裏声みたいな声なんだよね」

二の腕にさっと鳥肌が立った。

──ユキコが動いているところを見たか？

その言葉がおれの頭の中を貫いた。タツヤは、ユキコは家にいると言った。そして、新聞紙を持った二人の写真を見せてくれた。だが、おれがタツヤに見せられたものも二人の静止した写真であり、ユキコが動いているところを見たわけじゃないのだ。

「ねえ、顔色が青いよ」

「あのね、変な噂《うわさ》があるの。タツヤがユキコのこと監禁してるんじゃないかって。ほら、ユキコが急に有名になってみんなの注目浴びるようになったもんだから、タツヤが焼き餅焼いて、ユキコを誰にも会わさないように、自宅に監禁してるんじゃないかって――」

「え、いや……」

「監禁ならまだいいさ」

「え？」

おれはノートパソコンに向き直り、通話ができるソフトを立ち上げた。

「何するの？」

「テレビ電話。ユキコちゃんが本物かどうか確かめる」

マユミは首を傾《かし》げた。「本物かどうか？」

ユキコの番号にかけると、長いコール音のあと、ようやく応答があった。画面に現れたユキコの顔を見て、おれは息を呑《の》んだ。顔半分が大きなマスクで覆われていた。

「ゆ、ユキコちゃん、久しぶり」

ユキコは空咳《からぜき》をした。「うん、久しぶり。実は風邪ひいてるの。だから、声も変だし、あんまり長く話せないの」

マユミの言うとおり、ユキコの声はまるで男の裏声のようだった。奇妙なのは、ユキコの目元が明らかに笑っていることだ。いつもの明るいユキコの表情のままなのだ。

おれは覚悟を決めて口を開いた。

「あのさ、急に電話してこんなこと言うのもなんなんだけどさ。ユキコちゃんって、変わっちゃったよね。ちょっとみんなからちやほやされたからって、芸能活動みたいなこと始めちゃってさ。まるで有名人気取りじゃん。勘違いも甚《はなは》だしいよね。痛い女の典型的なタイプだよね」

「ひっどーい！　どうしてそんなこと言うの！」

ユキコは怒った。横でマユミも「ひどいよ」とユキコの肩を持った。おれは構わず攻撃を続けた。

「だいたい見る目もないよね。タツヤみたいな馬鹿と付き合うぐらいだもんね。あいつ本物の馬鹿だからね。まあ、馬鹿同士馬が合うのかもしれないけど」

「許せない！　発言撤回して！　ふざけるな！　おまえのほうこそ馬鹿だろ！」

マユミが画面を食い入るように見つめた。その顔から見る見る血の気が失せていく。

おれは身体の震えを止めることができなかった。ユキコは生身の人間では到底真似《まね》のできないことをしていた。

なんと、ユキコは激怒していたが、その目はやさしく微笑《ほほえ》んでいた。

猫を殺すことの残酷さについて　深沢仁

初出『５分で読める！　ひと駅ストーリー　猫の物語』（宝島社文庫）

さいきん私がよく考えること。

それは、猫を殺すことの残酷さについて。

それと、好きな人と結ばれる確率について。


地元の駅のホームに降りた私は、ふう、と大きく息を吐いた。

まだ結婚していないのに、そしてするあてもないのに、お腹《なか》に赤ちゃんがいる状態で実家に向かうのは、けっこう緊張することだ。

金曜の夜、終電から降りてきた人は私以外に三人しかいなかった。田舎《いなか》に帰ってきたんだなあ、ということを実感して、私はちいさく笑う。高校を出て東京の短大に滑り込むように入って以来、地元にはずうっと帰ってきてなかった。だから、ここに来るのは二年半ぶりくらい？　ティーンエイジャーだった自分がハタチになってしまうんだから、月日の流れは怖いなあと思う。そして年齢よりもびっくりするのが、ひとりじゃない、ということ。

私は右手を、ぽん、と自分の膨《ふく》らんだお腹におく。

狭い改札を苦労して抜ける。実家は駅から歩いて十五分くらいかかる場所にある。ちいさな商店街を抜け、ゆるやかな坂をのぼった先。商店街は、居酒屋ですらとっくにもう閉まっていて、だれも歩いていない。東京のネオンと人混みに慣れてしまった私は、夢のなかにいるような気分になって、ふわふわと歩いた。

両親には、まだなにも知らせていない。私の恋人は、ほんとうは別の女の人と結婚していて、社会的地位だとかいうものがある人なので、付き合っていたことすら秘密だった。だれも知らないカンケイというのは、ちょっとだけ楽しかった。

ふたりが赤ちゃんのことを知ったら。お母さんは、私が困らせるといつもするように、世界じゅうに絶望したようなため息をつくと思う。それから「どうしてあんたはいつも」と、ほとんど囁《ささや》くような小声で言う。お父さんは「堕《お》ろせ」と言うだろう。もうそんなことは不可能な時期でも。

両親はとても頭が固いうえに、私を救いようのない愚かな娘だと思っていて、だから私がどんな選択をしても批判したがる。どんなことにも正解なんてないのに。

でも、彼らがどう言おうと、私はこの子を殺さないことに決めた。だって――。

「――ん?」

商店街を歩いていた私は足を止める。目の前をなにかが横切った。すぐ傍《そば》のゴミ捨て場に猫がいて、黄色い目でじいっとこっちを見ている。

夜にまぎれるみたいな、まっ黒な猫!

なにか運命的なものを感じて私は微笑《ほほえ》んだ。猫がさあっと逃げていく。私は遠い記憶を追いかけるような気分になって、実家に行く前に公園に寄ることを決める。

昔、ずうっと昔、猫の死体を埋めたあの公園へ。

——いいものを見せてあげようか。

私がまだ花柄のワンピースが好きな小学生だった頃、公園のベンチでぼんやりしていた私にそう話しかけてきたのは、ゆうにいちゃんだった。

当時ゆうにいちゃんは高校生だった。近所に住むお金持ちの家の息子で、たいへん頭のいい私立校に通っていて、背が高くかっこよくて、制服が似合っていた。当時の私には憧れの人。ほとんど話したこともなかったけど、たまに通学路で見かけるゆうにいちゃんは、いつも微笑しているような柔らかい感じがして素敵だったのだ。学校が大嫌いだった私は、だいたいいつもひとりでいた。ゆうにいちゃんも、見かけるときはいつもひとりだった。そんなところも好きだった。

その憧れの人が、ある日クラブ活動をさぼって公園で時間を潰していた私に話しかけてきたのだ。私はぽかんとしてから、慌てて頷《うなず》いた。

微笑んで歩き始めたゆうにいちゃんについていくと、公園の隅の、トイレの裏の、なにかイヤなにおいのする場所に連れていかれた。ゆうにいちゃんは立ち止まり、こっちを振り向いてなにかを指差した。私は彼が指した方向をじっと見つめた。

ぼろぼろの人形だ、とまず思った。一瞬あとに、それが人形ではなく、本物の猫だと気がついた。身体《からだ》がぐしゃっとした黒猫。赤色は血の色。

——死んでるの？

私はゆうにいちゃんを振り仰いだ。秋で、陽《ひ》が沈みかけている時間で、暑くも寒くもなく、明るくも暗くもなく、世界はとても曖昧《あいまい》だった。そんななか木の陰にひっそりと立つゆうにいちゃんは、なんだか浮世離れしていて美しかった。

——死んでるね。

——どうして？

——僕が殺したから。ナイフで刺したんだよ。

私はびっくりして、しばらく声が出なかった。すごく柔らかい声で言うから優しい行為に聞こえて、なんだか現実として実感できなかった。

——どうして？　猫、嫌いなの？

私がそう言うと、ゆうにいちゃんは一瞬だけ目を見開いた。それから笑った。私のばかな発言が可笑《おか》しかったみたいだった。私は私で、ゆうにいちゃんの笑顔を間近で見たせいで顔が熱くなって、思わず頬を押さえた。

——嫌いだから、じゃなくて、残酷だから、だよ。

彼は子どもに言い聞かせる口調でそう言うと、ぽん、と私の頭を撫《な》でて、それから夕暮れに溶けるように立ち去った。私はその場で立ち尽くしてそれを見送った。

大人に言うべきだろうか、と一瞬悩んだ。

でも、私はあんまり大人が好きじゃなかったから、言わないことにした。そのかわり猫を埋めてあげることを思いついた。冷たい土に指先をうずめ、掘った。素手では時間がかかりそうだったので道具を探し、ランドセルから飛び出していたリコーダーに目を留めた。しかたなくそれで土を掘った。陽が暮れる頃、どろどろになりながらやっと終えた。猫のため、というより、ゆうにいちゃんのためにやった気がした。私のおかげで、あの人が神さまに許されるといいな、と。

そのあともたまに道端でゆうにいちゃんを見かけたけど、話しかけられることはもうなかった。リコーダーは自分で洗って使い続けた。やがてゆうにいちゃんは、東京のとても頭のいい大学に受かって町から消えた。

ハタチの私は、あの日とおなじ姿をした公園にたどり着く。

月明かりに照らされた時計塔は十二時ぴったりを指していた。シンデレラの魔法がとける時間。もちろん人なんかだれもいない。幽霊ならいるかもしれない。でも、私には見えない。

足音を殺して、息をひそめて。そうっと、公園の隅《すみ》に向かった。

家のトイレで妊娠検査薬を生まれて初めて使って、妊娠だ！　とわかったとき。私がまっ先に思い出したのは、死んだ猫の姿だった。ゆうにいちゃんが見せてくれた猫の死体。それで子どもを堕ろさないことに決めた。だって、この子をあの猫とおなじようにしてしまうのは、どうしたってかわいそうだと思ったから。

私は猫を埋めた場所を探して、見つけた。相変わらずイヤなにおいがした。あんまり気にならなかった。両手を合わせて、目を閉じる。

——子どもができたの。

私は、いつかの猫に、報告する。

——どうかぶじに育てられますように。お願いします。

どうして埋めた猫の死体に祈りを捧《ささ》げなければならないのか、自分でもわからなかったけど、目を開けると満足していた。ずっと、言わなければいけない気がしていたから。とにかくあの猫には、これから私がこの子を育てることを知っておいてほしかった。なんとなく。

恋人は別の女の人と結婚しているし、社会的地位だとかいうものがあるので、この子をいっしょに育ててはくれない。お金もいらない、と言ってしまったので、お金ももらえない。この子は、私がひとりで育てることになるだろう。

私は、大きな予感と、少しのどきどきを抱えて、実家に向かって歩き出した。

それから二ヶ月。臨月を迎えた私が、よく考えること。

それは、猫を殺すことの残酷さについて。

それと、好きな人と結ばれる確率について。


二ヶ月前。私が実家に到着すると、もうなにもかも終わった後だった。

私は、玄関マットが血まみれだなあと思いながら家にあがり、リビングを覗《のぞ》いた。

昔に猫を殺した男のヒトが、大きくなって人間を殺せるのか、ほんとうのことを言えば自信がなかった。猫を殺すことの残酷さは、人間を殺せるほどの残酷さとおんなじなのか、と。でも、彼はやってのけたみたいだった。

動かなくなってしまった両親を見て私は少しだけ悲しかったけど、もうお母さんのため息を聞かなくていいのだと思うと、安心した。

東京のとても頭のいい大学を出たゆうにいちゃんと、東京のとても頭の悪い短大に通っていた私は、私がバイトしていたレストランに彼がやって来たことで、再会を果たしたのだった。

運命だ！　と私は思った。大人になったゆうにいちゃんは、ますます美しく、かっこよくなっていて、どきどきした。私からまとわりついて、告白して、結ばれた。

子どもができたと報《しら》せたら、ゆうにいちゃんは、産まないほうがいい、ということを言った。だけど私は反対した。猫のことを訴えた。ゆうにいちゃんは、とても穏やかに「そんなこともあったね」と笑った。

ふたりで話し合った結果、私は、子どもの父親がゆうにいちゃんだってことを、だれにも言わない、ということになった。ふたりだけの秘密。ゆうにいちゃんはお金を払わない。なにもしない。私の存在も忘れてしまう。

だけど、最初で最後の父親の役目として、私の両親を殺してくれる。そうすれば、私はお金に困らなくなるから。そういう約束だったのだ。

もちろん私は、犯人がだれかも、だれにも言わない、ということになっていた。だけどその約束はやぶってしまった。両親の死体を見つけた私は、警察と救急車を電話をして呼び出し、犯人の心当たりを訊《き》かれて、ゆうにいちゃん、と言った。この子の父親なんです、と。結果的にゆうにいちゃんは捕まったらしい。きっとこれから、妻を失って、社会的地位だとかいうのも失って、たいへんな目に遭《あ》うだろう。

警察は私のことも疑っているかもしれないなあと思う。それでもかまわなかった。私は殺してはいないから、大丈夫だろう。たぶん。この子をぶじに育てられるといいな、と思う。それと、ボロボロになったゆうにいちゃんが、いつか自分と結ばれるといいな、とも。赤ちゃんがお腹のなかで動くのを感じながら、さいきんの私は、そんな幸せな想像をして過ごしている。

趣味は人間観察　新藤卓広

初出『５分で読める！　ひと駅ストーリー　夏の記憶　東口編』（宝島社文庫）

趣味は人間観察です。
なんてことを言うと、周囲にちょっとした混乱が起こる。間の抜けた顔がこっちを見上げ、一瞬、その場にぽっかりと穴が開いたような、変な時間が流れる。だけど、それも一瞬のことで、それなりのコミュニケーション能力を具《そな》えた人間の集まりなら、「人間観察ってどんなことするの」と興味を示してくるか、「俺も人間観察よくするぜ」と強引に乗っかってくるか、どうにか話をつなげようと努力してくれるもので、昨日参加した合コンも同じような流れになった。

「へえ。人間観察って具体的にどんなことをするの？」

　ＩＴ関係の仕事をしているという茶髪の男が聞いてきた。面長で、柔らかそうな髪の毛を顔の周りに無造作に展開させている。見た目は典型的な優男だ。

　彼は、合コンが開始されてからずっと人当たりの柔らかい笑みを浮かべ、みんなの雑多でくだらない話にも丁寧な相槌《あいづち》で応対していたので、聞き上手の優しい男というポジションを確立していた。友達のミカは、一度しかやったことのないお菓子作りを、毎週やっているような雰囲気で、何とも気持ちよさげに語っていた。

　けれど彼には、私しか気づいていないのだろうけど、時折、ふっと目を細め、周りを冷静に観察している瞬間があった。それを見たとき、見た目とは裏腹に油断のならない男だと感じた。さっき私に向けてきた質問も、いかにも興味ありげな表情を浮かべながらだったけれど、あまりに演出がかったところがあって、内心の意地の悪い感情を隠そうとしているようにしか見えなかった。

「時間があれば公園に行ったり、喫茶店に行ったりして、人を観察するのが好きなんです」

私はとびきりの笑みを浮かべて答えた。偽りの笑顔には偽りの笑顔を。

「へえ。わざわざ人間観察をしに出かけるんだ？　それって何が楽しいの？」

茶髪の横に座った坊主頭の男が、馬鹿にしたように、鼻から抜けた声で笑った。感情がそのまま表に出るタイプのようで、理性より感情が先に立つ感じからは、あまり頭が良さそうな印象は受けない。けれど、そのくしゃっとした笑い顔には、母性本能をくすぐる何かがあって、不覚にもドキッとさせられてしまう。自己開示の上手《うま》い人間はモテるというデータがあるらしいけれど、私もそのとおりだと思う。

「まったく知らない人を観察しながら、その人の性格とか人生を想像するのが楽しいんです。ほとんどは勝手な想像だけど、それなりに当たっている自信もありますよ。人間観察は、職業病みたいなものだし」

私は何気なく答えたが、またも混乱のきっかけをつくってしまったことに気づいた。

人間観察が職業病って何？　男たちの顔が答えを探して無言で動き回っている。

私は慌てて言葉を続けた。

「実は私、刑事をやってるの」

ええっ、と何人かが驚きの声を上げ、あー、と一様に納得した表情に変わった。刑事だったら人間観察するのが仕事だな、と頷《うなず》いている。

それからすぐに、「本物の刑事になんて初めて会ったぜ」と興奮した声が起こり、「女刑事ってかっこいいな」とふざけた調子で絡まれたあと、「実際のところ、刑事ってどんなことやってんの?」と、一般人にはインパクト抜群なのだろう、職業のほうに注目が集まる。私は、「刑事ドラマみたいな感じじゃ全然なくって……」と、お決まりのセリフを吐いてから、何だかんだと刑事の日常について説明する。

自己紹介からの流れは、いつもこんな感じだ。

今は電車の中。私は、ほどよい緊張感に包まれながら、シートに寄り掛かって座っている。

帰宅ラッシュには少し早い時間で、人はまばらだ。

人を観察しろ。そう教えてくれたのは父だ。けれど、父は刑事でもなんでもない。ただのサラリーマンだ。

父はとにかく人を観察するのが好きだった。一緒に歩いていると、「おい、あのおばさんの足元見てみろ」とか「あ、あのカップルはもうすぐ別れるだろうな」とか、周りを見回しながら勝手に分析していた。

私が人間観察をするようになったのは、刑事になったこととは関係なく、父親の影響を受けただけのことであって、むしろ普段から人間観察をしていたおかげで、二十代にして、しかも女でありながら、刑事になることができたのだろうなと思っている。人間観察をしていると、普通に生活していたら気にも留めないことにも、たくさん気がつくことができる。

たとえば、万引き。万引き犯というのは、店に入ってきたその瞬間から、「私はこれから万引きしますよ」と主張しているくらい不自然な動きをしている。普通の人にとっては違うかもしれないけれど、私にとってはそうだ。

彼らは（女性も多いけれど）、基本的に体を前屈《かが》みにして歩いていることが多い。加えて、できるだけ人の視界に入らないようにと、無意識に体を縮こませてしまうらしい。加えて、視線を商品に対してではなく、そのあいだの空間に向けていて、落ち着きがない。スーパーには不似合いな警戒心を、あたりに充満させている。

買い物に行った先でそういう人間を見つけると、私はあとをつけて、じっくりと観察する。たまに外れることもあるけど、九割以上の確率で、対象者は商品をカバンに入れる。あとはレジを素通りしたところまで確認して、問答無用に捕まえる。盗みは、私が最も嫌っている行いの一つだ。こういう人間には容赦はしない。

私が父から教わったことがもう一つある。泥棒はいけない、ということだ。これも口を酸っぱくして言われてきた。当時は理由も分からずにいたが、後々になって聞いたところによると、自分のアイデアを同僚に盗まれるということを経験したそうで、子どもには絶対にそんな真似はしてほしくないと思ったそうだ。そういうわけで、私は盗人《ぬすっと》が大嫌いだ。

他には、彼氏の浮気にもすぐに気づいてしまう。実は、つい五日ほど前にあったことなのだけれど、お話ししよう。

彼の家に二人でいたときのこと。普段はどちらかと言えば寡黙で、必要なことしか話さないタイプの彼が、その日は無駄に言葉数が多かった。本人は無意識にやっていたのだろうけど、何かを隠そうとしている後ろめたさがありありと窺《うかが》われ、おまけに体は別の方向を向いていながら、顔だけをこちらに向けてくるのが、またまた不自然で、私は彼の口からだらだらと聞こえてきていたテレビの話に、「昨日ってさ」と言葉をかぶせて言った。

彼の頬がぴくりと動いた。一瞬のことだったけれど、嫌なところに触れられた表情が垣間見えた。

「昨日が何？」

そう聞き返してきた彼の顔には、笑顔があった。張り付いたような笑顔。

「高校の友達の家にいたって言ってたよね？」

「そうそう。智之《ともゆき》がさ、久しぶりにウイイレやりたいとか急に言い出してさ。そんで……」

早口で話す彼の言葉を遮って、私は「浮気でもした？」と単刀直入に言った。固まる彼。ぱくぱくと声も出さずに口を動かすその姿は、自白したのも同然だった。それでも彼は必死に否定を始めた。しかし現役の刑事をなめないでほしい。私の追及の前に、五分も持たずに陥落し、洗いざらいを話すことになった。

「ごめんなさい」

土下座して謝る彼の姿を思い出していたところに、女の人の声で謝罪が聞こえてきた。はっと驚いて横を見ると、おばさんの肘が私に当たったようで、そのことを謝っていた。いえいえ、と私は会釈をしながら答える。

中吊《なかづ》り広告を見上げると、たくさんの見出しが並ぶ中に、「連続通り魔殺人犯の恐怖」という文字が躍っていた。今話題の事件で、帰宅途中の若い女性ばかりが狙われている事件だ。犯人は女性の胸を刃物で刺したあと、被害者の髪の毛を切り取る。切られた髪は持ち去られることなく、被害者の上にばらまかれ、被害者の頭にはむしりとられたような無残な禿《は》げ痕が残っていた。

私はこの事件の犯人は女ではないかと推理していた。女の最も大事なものの一つである髪の毛に執着している点が、女性の嫉妬心を連想させるし、切り取った髪を持ち去らず、その場にばらまいていることから、髪の毛を切ること自体が目的だと分かる。そこに女の強い嫉妬心を感じる。

駅に着いた。新しい乗客が入ってくる。

来た。

紺のブラウスを着た女性の姿を確認すると、私はさりげなく携帯電話の中に保存してある画像をチェックした。間違いない。彼女だ。

観察する。

ショートカットに気の強そうな顔立ち。鼻筋が通り、切れ長の目をしている。紺のブラウスに黒のボトムという格好は、可愛《かわい》らしさよりもスマートさを前面に押し出している。手持ちのカバンもシンプルなもので、機能性を重視している様子が窺える。

プライドが高く、傲慢な女。女性らしさを感じさせないその装いは、一般的な女性らしさを下に見ている雰囲気がある。キャリアウーマン志向。しかし現実にはうまくいっていない。その上、周りに甘えることもできず、孤独を抱えている。

この女がそうなのか。

私は気を引き締める。絶対にばれないよう顔は伏せたまま、彼女の一挙一動を見逃さないよう観察する。

彼女は席が空いているにもかかわらず座ろうとはしない。ドアのすぐ横に立っている。そのまま三駅が過ぎたところで、降りる準備を始めた。

私はさりげなくあとに続く。外の空気はじりじりと暑い。電車を降りた途端に、全身からじわっと汗がにじむ。

彼女は脇目も振らず淡々と進む。改札を出ると、家に向かっているのだろう、歓楽街とは逆方向に向かっていく。私は静かに尾行を続ける。周りの景色がだんだんと住宅街の雰囲気に変わっていき、セミの声がうるさく聞こえてきた。

今日はただ観察するだけのつもりだった。だが、絶好の機会が訪れている。逃すわけにはいかない。

完全に人気《ひとけ》がなくなった。私は彼女の背後に一気に迫る。さっきまでうるさかったセミの声が急に静かになる。

ナイフを取り出して前に回り込み、彼女の胸を一突きする。彼女は声も出さずに倒れる。倒れた彼女の頭にハサミをあてがい、動かす。これで一連の通り魔犯の犯行に見せられるはずだ。

私から彼氏を奪った女。

私は盗人が大嫌いだ。

ママン　林由美子

初出『5分で読める！　ぞぞぞっとする怖いはなし』（宝島社文庫）

「結婚、しよう」

良樹《よしき》からのプロポーズは、仕事帰りに二人で寄ったラーメン店で唐突にあった。しかも餃子《ギョーザ》を注文するか否かの話の後で、良樹にはそういう無粋なところがあった。マイペースとでも言おうか、「一人っ子のせいかもしれない」と本人もたまに言う。

とはいえ、交際四年、三十三歳、紗季《さき》がさんざん急《せ》かした末のプロポーズである。

「うん。やっとだね」

「まあね。それでさ、マ……母さんには電話で伝えてあって、土曜日一泊で家に帰るつもりなんだ。紗季も一緒に行く？　父さんは会社の懇親旅行でいないけどさ」

「泊まりかあ」

良樹は高い確率で、ママと言いかけて母さんと言い直す。「実は今でもママって呼んでるんだ」と、交際二年目に知らされていたので驚きはしないが、何度聞いても慣れなかった。

「母さん、紗季に早く会いたいって言ってるし、おいでよ」

「じゃあ、そうしようかな」

言ってから後悔した。良樹には悪いが、良樹の母、鞠子《まりこ》にあまりいい印象はない。というのも、鞠子はごくたまに良樹の顔を見に彼のマンションにやってくるそうだが、決まって紗季の歯ブラシや着替えが捨てられた。

「またかあ、マ、あ、母さんに悪気はないから許してやって」良樹は笑うが悪気以外のなにものでもないと紗季は思っていた。そういうわけで鞠子と初対面からの一泊に、多少なりとも躊躇《ためら》いはあった。

けれども結婚するのだから、そうも言っていられない。すでに結婚生活を送っている友人からは、いくら問題のない義母でも些細《ささい》な軋轢《あつれき》があるのは聞いていた。それに息子のいる上司は「男の子って本当にかわいいのよ。もう小さな恋人って感じ。なんなら旦那よりラブよ」と常々言っていた。その顔はそれこそのろけ話をする女のようでもあった。

そうして週末になった。手土産《みやげ》に、母から銘店のバームクーヘンを持たされ、紗季は友人お勧めの最中《もなか》を用意した。

車で五十分の良樹の実家は、町を二つ跨《また》いだ県境の郊外住宅地にあった。ごくごく普通の二階建て住宅で、インターホンを鳴らした良樹は自ら鍵でドアを開け、「ただいまー」と中に向かって声をあげた。

「はーい、おかえりなさい」奥から甲高《かんだか》い声の六十前の女性が現れた。ボブヘアで少しふくよかな体型にクマのプリントのエプロンをした朗《ほが》らかそうな人だった。

「初めまして。母の鞠子です。さ、どうぞ！」紗季を促す鞠子に、良樹は「あ」と言った。

「ママン。車に土産忘れた。取ってくるよ」

　紗季は思わずその顔を見た。「ママ」と呼ぶのを知っていても、実際のそれは「ママン」と甘えた語尾がついていて面食らう。

「よーくん、お土産なんていいのに」

　三十五歳の息子に対する「よーくん」呼びに、苦笑いしそうになる。

　車に戻る良樹に先立って、紗季は居間に通された。そこで紗季は二つの手土産を渡す。「こちらは親からです。お口に合うといいのですが」

「やだあ、気なんて遣わなくていいのに」言いながら受け取る鞠子の爪が、びっと紗季の手の甲を掻《か》いた。

　イタ。そう思ったが紗季は顔に出さず、鞠子も「まあ、バームクーヘンと最中ね」と紙袋の中身をうれしそうにあらためている。

「どうしましょ。また太っちゃうわ」鞠子は続き間の和室に紙袋を置いた。

「すぐにお茶の準備をするから、そこに座ってて」

　促され、用意してあった座布団に正座する。痛みから手の甲を見ると、爪で引っ掻かれたというよりカッターで切ったような傷がそこにあって、紗季は驚いた。血が滲《にじ》み出ている。バッグからティッシュを取り、そこに当てる。絆創膏《ばんそうこう》をもらうのも、怪《け》我をさせられた感があって言い出しにくい。爪ではなく、紙袋の紙で切ってしまったのだろうか。だとしたら、袋のほうに血がついてしまったかもしれない。そう思い紙袋を確かめると、紗季は愕然《がくぜん》とした。紙袋の底に、平行四辺形の欠片《かけら》——折ったカッターの刃が入っていたのだ。

そこへ良樹が戻ってきた。紗季は良樹の顔をまじまじと見るが、あまりのことに何も言えなかった。良樹は、ティッシュを手の甲に当てる紗季を見て「どうしたの」とたずねる。

「紙で切ったみたい」かすれ声しか出なかった。

「あ、よーくん、玄関、鍵してくれた？」

何食わぬ顔の鞠子が茶を用意して加わった。良樹の隣に鞠子がぴったりと着いたので、紗季はテーブル越しに向き合って座る。鞠子は、良樹の手土産を喜んだ。

「あら、ママの好きな花見月堂のお煎餅ね。わたし、甘いものが苦手なのよね」

「会うたびにまるまるになるのにな」

「いいのよ、健康のしるしなんだから」

鞠子の目が見れなかった。なんなんだ、この母親は。不安がふくらむのに、紗季は社内恋愛の二人の馴《な》れ初《そ》めを話す良樹に笑顔で相槌《あいづち》をうつ。結婚式は身内だけのささやかなレストランパーティにしたい意向などが続くと、鞠子は良樹の同級生の親の近況や、従妹の進学についてをあれこれ喋《しゃべ》った。紗季には誰だかわからない相手の話が延々と語られるが、良樹は「え！　そうなの」と喜んで聞いている。鞠子が敢《あ》えて紗季を蚊帳《かや》の外にしているのが肌でわかった。

「あーあ、すっかり話が脱線しちゃったわね。そうそう、これ見て。頑張って集めたのよ」鞠子がテーブルの上にパンフレットやチラシを並べた。それらは分譲住宅や注文住宅のものだ。

「すごいな、ママン」良樹が目を輝かせる。

「わたしはこの家が気に入ったわ。全戸南窓があるし」

「おれはこの和の家ってのがいいな」

「うんうん、そっちも悪くないね」

突然始まった家選びに紗季は狼狽《うろた》えた。その様子に気づいた良樹が笑う。

「賃貸はもったいないから、結婚したらすぐ家を買いたいって、前に紗季、言ってただろ？」

それはプロポーズされるずっと前の、タラレバ話だ。

「んー、でも分譲だとやっぱり部屋数が少ないわね。ママだって自分の部屋が欲しいわ」

紗季はバカップルのような親子に呆然《ぼうぜん》とする。自分の部屋が欲しいとは——同居？

良樹に抗議の視線を送るが、パンフレットに夢中な相手は紗季など眼中にない様子だ。

それどころか、「あ、お茶なくなった。淹《い》れてきてよ」と唐突に紗季に言う。さらには、「あら、なくなっちゃった？」立ち上がろうとする鞠子を「いいのいいの、ママは座ってて。紗季はもう嫁だからさ。お客さんじゃないの」と、座らせる。紗季は仕方なく勝手のわからない他所《よそ》の家の台所に向かった。

しかしそこで鳥肌が立った。

大型の冷蔵庫の面に、余すところなく良樹の写真が貼りつけてあった。赤ん坊の頃から学級写真や遠足時、部活動、証明写真の類《たぐい》まで、成長ぶりがわかる写真の数々がびっしりである。これを毎日見て、冷蔵庫の開け閉めをする鞠子に薄ら寒さを感じる。さっきの同居話にしても冗談だと思いたいが――紗季は手の甲に走る赤い傷を見た。

これは普通じゃない。

だからといって、ここで破談は御免だった。紗季は鞠子と結婚するのでなく、相手は良樹だ。彼との四年間は穏やかで問題はなく、やがて紗季は三十半ばだ。他の相手に切り替える気は毛頭なかった。

同居さえしなければ、鞠子はせいぜい年に数回会うだけの相手だ。それに今日は不在の良樹の父親がいたら、孫に恵まれたなら、鞠子も態度を変えるだろう。さしずめ、紗季は愛《いと》しの息子を奪った憎い女といったところか。そう考えると、幾分気持ちに余裕を持てる気がした。

電気ケトルで湯を沸かした紗季は、茶を淹れると居間へと進んだ。北側の台所から廊下をたどった南の部屋が居間だが、楽しそうな親子の笑い声が聞こえる。

「だってね、いくらなんでも甘ったるい菓子折りふたつもなんて、常識がなさすぎでしょう？　病気にしたいのかしら。こうなると親のほうも心配ね。もう、よーくんたら、そんなに結婚急がなくてもいいのに」

「ママンを早く安心させたかったんだよ。ほっとしたでしょ？」

「そうでもない。だって紗季さん、三十三なのよね。子供……うまい具合にぽんぽん出来たらいいけど。ママの言うこと聞いておけばよかったってなるわよ？」

「そんなこと言わないでよ。おれ的には、身を固めるのは親孝行でもあるんだし」

「そうねえ。ま、いざとなったら離婚すればいいしね。今時、珍しくもないものね」

紗季は茶を載せた盆の両端を強くつかんだ。なんでこんな言われようをされなければいけないのか。母はあれこれ迷ってバームクーヘンを持たせてくれたのだ。

それだけでなくカッターの刃で切られた手の甲が痛かった。こんな手なのに、茶を淹れてこいと言った良樹に初めてうんざりするほどの身勝手さを感じる。

「でも紗季しか考えられないんだ。料理得意だし趣味も合う。逃げられたくないから嫌味とか言わないでよ。ママン、実は最中好きじゃん」

その言葉が続かなかったら、怒りで家を飛び出していたかもしれなかった。

だが今後も覚悟をしたほうがよさそうだ。この家で暮らす鞠子が、茶を淹れて戻る紗季に聞こえよがしを計算したのは間違いない。鞠子はこの結婚に反対している。

夕方になると出前寿司が届き、バカップルのような親子の会話に相槌を打ちながら食事を終えた。早く帰りたい。その一心で午後九時を迎えると、良樹は風呂に入った。寿司桶《おけ》を洗い、和室に布団を敷こうとする鞠子に代わりを買って出る。何か意地の悪いことのひとつもあるだろうと思っていたら、案の定、鞠子は「ちょっとこれ見て」とスマホを取り出し紗季に画面を見せつけた。

そこには清楚《せいそ》な印象の若い女が映っていた。

「この子ね、良樹のモ、ト、カーノ」

「あ……そうなんですね」苦笑いする。

「かわいいでしょ。学生時代から結構長くつきあってたのよ」

だからなんなのだ。

「メールの返事が遅いだなんだっていちいち絡まないし、手料理の写真をじゃんじゃん送ってくるわけじゃないしね。あ、スタンプの課金とかもなかったなあ」

「そうなんですね」辛《かろ》うじてそう返したが、良樹とのメールを見られているのだとわかった。

そしてこの人は、それを隠そうともしていない。

「ああ、いい風呂だった」

首にタオルをかけた良樹は、和室に敷いた布団にごろんと大の字になった。

「よーくん、頭が濡れたままじゃない」

「乾かすの、面倒くさい」

「仕方ないわねえ」鞠子は良樹のタオルで頭の水分を取り始めた。

「久しぶりに耳掃除もしようか？」

「いいねえ」

見てはいけないものを見た気がして目をそらす紗季に「紗季さん、お風呂お先にどうぞ」と鞠子が言ったのでほっとする。

着替えの用意をして脱衣所のドアを閉めると、どっと疲れが出た。もう二度と泊まるまい、そう誓いつつ服を脱いだ紗季は風呂場へ入った。

シャワーを浴び、バスチェアに腰かけ、顔を洗う。ふいに背後に冷気を感じた。

「背中、流そうかしら」

目を開けると、向かいの鏡に鞠子が映っていた。

「え――」

振り返ろうとする紗季を押しとどめ、鞠子は背中をこすり始める。

「い――」

タオルやバススポンジでなく、その正体が軽石だとわかり身をよじるが、鞠子の手がざっざっと上下に動く。

「よーくんはね、わたしの言うことをちゃんと聞く素直ないい子だったのよ」

「いた！　やめてください！」

「高校だって大学も就職先もね、一緒に迷って悩んで、だからうまくいったのよ」

鞠子の手が紗季の肩をつかみ、軽石は容赦なく大きく動く。

「それがどうして最後はあんたなのよ。もっと相応《ふさわ》しい相手がいくらでもいる！　あの子のベッドに汚らしく長い髪の毛を残して！　たぶらかして、気持ち悪いったら！」

体を捻《ひね》ってどうにか軽石から逃れると、向き合った鞠子はその手を振り上げて思いきり紗季の顔面に打ちつけた。

「諦めなさい！　よーくんの相手はわたしが見つける！」

いかれてる！　シャワーに打たれながら紗季は目一杯鞠子を突き飛ばし、脇をすり抜けようとした。

だが、鞠子が仰向《あおむ》けにひっくり返ると同時に、ごん――と鈍い音がした。

風呂のへりに頭をぶつけた鞠子は目を見開いている。まるで、電源の切れたロボットのようだ。排水口に流れる流水がどんどん赤く染まってゆく。

紗季は言葉にならない悲鳴をあげた。

「どうした！」紗季が脱衣所のドアを開けると同時に、良樹が飛び込んできた。

「わたし、突き飛ばしちゃって――」

良樹は紗季を押しのけ、鞠子に向かう。「ママ！　ママ！」

裸のまま居間に戻った紗季はスマホを手にするが、パニックでうまく触れない。それを引《ひ》っ手繰《たく》るようにした良樹が救急車を呼んだ。

「母親が風呂場で転んで――」

良樹はそう電話をかけた。気が動転しているはずなのに「ママ」と呼ばず、そして「風呂場で転んだ」と言った。

それはその後、鞠子の死亡が確認されても変わらなかった。

良樹は紗季を庇《かば》ったのだ。

四十九日が経った。

家族葬にはとても顔を出せなかったが、紗季は良樹に伴われ鞠子の墓前にいた。

「ごめんなさい――」

紗季は鞠子にも良樹にも頭《こうべ》を垂れた。

「謝って許せることじゃない」

「うん……」

「おれが警察にありのままを話せば紗季は殺人犯だよ。そうなりたくないだろう?」

良樹は何が言いたいのだろうか。

「だからママの代わりになるんだ」

「どういう……こと?」

「ほんとう言うとね、半年前に親父が脳梗塞で倒れて寝たきりでね。ママが介護で大変だったから、それで急いで結婚を決めたんだ。なのにこんなことになるなんて……」

良樹は紗季の左手を取る。

「一生涯、助けてもらうよ?」

紗季の震える手に、良樹はポケットから取り出した指輪をはめる。サイズが少し小さくて、それでも良樹はぐっと強く紗季の薬指に押し込む。締め上げるようなそれは、曇天の色にも似た鈍く輝くダイヤの結婚指輪。

「生前からのママの希望でね、ダイヤモンド葬にしたんだ。遺骨から炭素を取り出してダイヤにしてもらった。ママはダイヤになったんだ」

良樹はダイヤに微笑《ほほえ》みかけた。

「ね、ママン」

ゴミの問題　高山聖史

初出『「このミステリーがすごい！」大賞10周年記念　10分間ミステリー』（宝島社文庫）

容赦なくアラームが鳴った。

真冬の朝はなかなか体が動かない。わたしは洗面所に向かい、氷のように冷たい水で顔を洗った。

今日は可燃ゴミの収集日である。

収集箱は、さながら巨大な鳥かごだ。前日から捨て置くと、カラスや猫による被害が出るため施錠してある。もっとも、仕事の関係で早出しなければならない住民がいるのもまた事実だ。

そこで、彼らへの対処が班長会で決められた。マスターキーを持っている各地区の班長が、午前四時に鍵を開けることになったのだ。

家から出ると、頬を突き刺す寒風だ。粉雪も混じっている。

開錠するとすぐに声をかけられた。隣の班長だ。七十を過ぎたベテランで、もう十年以上も「番人」を任されているらしい。

「どうです、違反者のほうは」

わたしはコートの襟を立てて訊《き》いた。

「いないこともないが、それなりに指導はしているからね」

捨てる際には、半透明の袋に地域名、番地、氏名を記入しなければならない。無記名のものは運搬業者が持っていかないからだ。

ただ地域によっては、住まいが、決められた収集所から遠いケースもある。隣の班が担当する収集所へ捨てに行く住民もいたのだ。班長としては、違反者を取り締まるため、収集所の近辺に待機しなくてはならないというのが原則だった。

しかし、可燃ゴミ、不燃ゴミ、粗大ゴミ、とチェックしていては身が持たない。いまでは、住民が動き出す午前六時ごろに見張るのが慣例である。

「慣れましたか」

訊かれて、わたしは曖昧に頷《うなず》いた。

会社を定年退職し、副班長を任されたのが二年前だ。当時は、長年、班長を務めてきた女性が生真面目にこなしてくれていた。彼女は、かなりまえに連れ合いを亡くしている。息子夫婦が都内に居を構えているというが、あまり話したがらなかったところをみれば仲違《なかたが》いしていたのかもしれない。寂しさを紛らわすためだろうか、彼女は、民生委員も兼務するという熱の入れようだった。

隣の班長も同じような境遇だ。定年後は妻と旅行に行くのが夢だったそうだ。それが退職を目前に先立たれ、残りの人生は社会貢献に充てたいと、住民が嫌がる役を引き受けたらしい。

彼らは、じつに世話好きで、町内会でも信望が厚かった。一方、わたしはといえば、前任者が風邪をひいたときにピンチヒッターで鍵を預かるだけだった。彼女がいたから、渋々、副班長を引き受けたともいえる。

ゴミの問題は多いが、とくに春先は激増する。引っ越しのシーズンが終わった直後で、よそから越してきた住民がルールを無視して捨てるからだ。それでも指導をくり返せば徐々に減っていくのだが。

「新しく建ったアパートの住民がどうも」とわたしは答えた。

やはり、深刻なのは決められた収集所に捨てないケースだ。ちょうど一年前に建てられたアパートの住民には、まだ充分に指導が行き届いていない。しかも、車を使って、ほかの班の管轄へ捨てに行く者さえいる。

「なかなか前任者のようにはいきません」

わたしは頭をかいた。前班長は、苦労を重ねながらも、数々のトラブルを解決した。班長会でもリーダーを任されている。

「彼女はよくやっていた。でも、途中で投げ出したのだよ」

ひと月前、わたし宛に封書が届いたのだ。

『もう疲れました。辞めます――』

彼女は達筆でいつも感心したものだが、このときは別人ではないかと思うほど乱れに乱れていた。挨拶に出向いたが遅かった。人知れず追い詰められ、突発的に行動したのだろうか。家具や車を置いたまま出ていた。荷を整理しにもどったときにでもまた挨拶しに行くつもりだ。

「歳をとり、独りで暮らしていれば弱気になっても不思議ではないさ。わたしにも覚えがあるからね」

彼が自嘲する。

「子供がいないわたしと違って、彼女には息子がいたそうじゃないか。きっと音《ね》を上げて、泣きついたのさ」

彼女のことを話すとき、この班長はいつでも口調が厳しくなる。それもそうかと思う。彼は、町内会では副リーダーにあまんじてきたからだ。女性としての濃《こま》やかさ、民生委員としての気遣いが浸透していたこと、すべてにおいて彼女が上だった。

結果的にみれば、彼のいうとおりかもしれない。しかし、わたしの心はべつの理由でざわついていた。

何年も音信不通の息子と仲直りする？　本当にそうならば喜ばしいことだ。ただ、わたしは封書をもらうまえに会っている。それらしい気配は感じ取れなかった。

責任感の強い彼女がいきなり姿を消す。それが不可解でならない。

頭に浮かんだのはゴミの問題だ。言い争いや嫌がらせは日常茶飯事だった。

「トラブルの解決にはテクニックが要る。わたしでよかったら、いつでも相談に乗るよ」

ゴミ問題は腕力では解決しない。北風よりも太陽。新しく選出された班長会リーダーの言葉は本当に心強かった。

自宅にもどり、六時からの見張りに備え、用意しておいた朝食をとる。コーヒーを淹《い》れていたときだ、携帯電話が震えた。

またかと思った。二つ離れた地区の班長からだ。

「ウチに捨てに来た男がいる」

名前を訊いて、わたしは天を仰いだ。くだんのアパートの住民である。

――あいつ。

思わず舌打ちした。

この地域に引っ越してきてからすぐに問題を起こしはじめた。粗暴な男で、空き缶やペットボトルを投げつけられたこともある。それでも前任者は屈しなかった。毅然《きぜん》と振る舞うことで解決してきた。

ただ、ここ最近、男はまた動き出した。二つも離れた収集所へ捨てに行くようになったのだ。

何しろ大柄な男である。暴力をふるわれたらひとたまりもない。前任者がアパートまで注意しに行ったときは、副班長であるわたしも同行した。そのわたしが後継したこともあり、こちらで問題を起こそうとは思わなかったのかもしれない。

姿を隠して嫌がらせをする者は多かったが、あの男は怒りを露《あら》わにして実害を及ぼした。キレると何をしでかすかわからないタイプだ。

前任者は事件に巻きこまれたのではないか——。

要注意人物という言葉が、わたしの想像を餌に膨らんでいく。

それでも注意しなければナメられるだろう。地域の住民からも、以前はよかったのに、と陰口をたたかれる。

わたしは、いったん自分の班の収集所に寄り、くだんのアパートへ向かった。男の部屋をノックしたが出ない。ドアに耳を押し当てても気配はなかった。もう出かけてしまったのかもしれない。

わたしは、隣の部屋を訪ねた。出てきたのは、以前にトラブルを起こした女性だ。今朝はちゃんと正規のやり方で捨ててあったこともあり、わたしの顔を訝《いぶか》しげに見ている。

「今日はお隣の件で。何時頃、出かけました」

「いまさっきよ」

女は、かかわるのは面倒だといわんばかりに目を逸《そ》らした。

「ちなみに、アパートの住民とトラブルは?」

「あるような、ないような。そんな感じ」

「というと」

「いつも何かぶつぶつ唱えてるの」

それなら記憶がある。前任者とここに来たときもそうだった。

「昨日もね。階段ですれ違ったんだけど……」

「何かいわれたんですね」

「昔の男を忘れないと、いまの彼ともダメになるっていうの」

彼女は自分の肩口を指した。

「憑《つ》いてるんだって。ここらへんに」


夜まで待ち、再び男の部屋を訪れた。今度は「なんすか」とドアが開いた。

わたしは単刀直入にいった。

「ウチの収集所に捨ててくれ。解決しない場合は、大家に掛け合うことになるかもしれん」

「あんたにそんな権限あんの？」

「わたしは役所から委託されている。なんなら町が相手になる。民事で争うか」

半分ははったりだ。それでも男の目が弱気になった。

「こっちに捨てるのは無理なんだ。俺には霊感があるんだよ」

「ゴミを捨てることと関係ないだろう」

「あるよ。おおありだ」

彼は、部屋から顔を出し、収集所の方を指した。

「あそこは気持ちが悪い。以前、バラバラにされた死体が捨てられてた」

「そんな事件があったらとっくに――」

わたしは言葉を呑《の》んだ。前任者のことが頭をよぎったからだ。

「バレなかったんだ。犯人は新聞紙に包んでから冷凍し、ビニールテープでぐるぐる巻きにした。さらにチラシで包み、ゴミ袋に入れたのさ。この時期なら、朝晩は氷点下まで下がるだろ？　冷え込みで溶け出さないよう、冬を選んで殺した。ひとつずつゆっくり処分したんだとさ」

まるで霊が教えてくれたという口ぶりだ。

「霊感があるなら、誰の遺体なのかわかるんだろうね」わたしは吹っかけた。

「もちろんさ。あんたも気をつけたほうがいい。張り切らないほうが身のためだ」

詭弁《きべん》だ。前任者が引っ越したことを知り、ゴミ捨ての理由を思いついたのだろう。

その手には乗らないといいかけたときだった。階段をのぼってくる気配があった。

「手に余るなら力になるよ」

隣の班長が姿を見せると、男はドアの陰に隠れてしまった。ぶつぶつ唱えている。

「……彼女は後悔しているんだ。早く、早く、リーダーを降りるべきだったと」

わたしの目は、何かを探り当てたように、班長の腰へ下りた。マスターキーをぶら下げてある。

どの住民よりも早く鍵を開け、「ゴミ」を捨てることができる人物――。

「ご苦労様です」

わたしの声も震えた。

凶々しい声　柳原慧

初出『５分で読める！　ひと駅ストーリー　冬の記憶　西口編』（宝島社文庫）

甲高《かんだか》い声の女が、わたしは嫌いだ。わざとらしく声を裏返し自分に注目を集めようとする。その心根《こころね》が透けて見える。そういう女の話は間違いなく面白くない。話す内容は、あたしに関することばかりだ。あたしあたしあたし。呆《あき》れるほどのあたしのオンパレード。携帯が壊れた、お茶をこぼした、車がエンストしたなど、あたしに起きたつまらない出来事を一大事のように語る。ちりちりした棘波《きょくは》を発する甲高い声で。

そんな時わたしは耳を塞ぐ。あたしにしか興味のない女に、わたしは興味がない。

わたしの声は低い。声高《こわだか》に主張することが苦手なのだ。出しゃばったり、人を押しのけ前に出ることも嫌いだ。だがそんな人間は、おいしいところをぜんぶ持っていかれる。わざとらしく声を裏返す人間に。

月末の締日、事務所には内勤の恵利香《えりか》とわたしだけが残されていた。十人に満たない小さな会社のプレハブ造りの安普請の建物は底冷えがする。肩掛けを巻きつけ、伝票整理に没頭していたら、突然、恵利香の「ええー！」という金属的な声が響き渡った。

ぎょっとして思わずペンを取り落としそうになった。しまった。イヤーウイスパーを外していたことを忘れていた。心臓がドキドキした。この声が、ほんとうに苦手なのだ。

土地の者でない恵利香が入社したのは半年前だ。見た目もケバケバしく性格もぞんざい、無断欠勤や遅刻も多いので、すぐに辞めるだろうと踏んでいたが、残念ながらその期待は裏切られた。おかげで一日中耳障りなキンキン声に攻撃され、胃痛や頭重《ずおも》に悩まされることになった。病院に行くと自律神経失調症と診断された。ストレスを溜《た》めないようにと言われたが、いったいどうしろというのだろう。

窮余の一策として、わたしはイヤーウイスパーを耳に嵌《は》めることにした。これで有害な棘波はカットできる。どのみち恵利香はわたしの話など聞いていないので、多少ちぐはぐな受け答えをしてもオーケーなのだ。

恵利香は窓辺に立ち、ブラインドを指でこじ開け、隙間から外を覗《のぞ》いている。

「すっごい雪だよ。今日に限って車エンストしてるし、カレシ呼んじゃおうかな」

そうか。わたしも迎えを頼んでみようか。事務所の所長で、愛人でもある康範《やすのり》に。一家団欒《だんらん》を邪魔して悪いが、恵利香と二人きりで事務所に閉じ込められるのは、なんとしても避けたかった。

康範の携帯にメールを送る。妻に見られたらまずいので、あくまでも事務的に。

〈伝票の整理をしていたら、雪に降り込められてしまいました。奥村《おくむら》さんも一緒なのですが、迎えに来ていただけないでしょうか〉

送信完了。とはいえ期待薄だった。最近の康範は冷たかった。わたしを眺めるときの、倦《う》んだような眼差《まなざ》しを見れば、冷めきっていることはわかる。康範とは長い。二十代から三十代の、女としていちばんいいときを、彼に摘み取られた。いまは婚期を逃し、仕事にも疲れ、無為に日々を費やしている。そのうち愛人としても従業員としてもお払い箱にされるのではないかと、内心ビクビクしていた。

恵利香がピピピと携帯電話のボタンを押し始めたので、慌ててイヤーウイスパーを嵌める。電話をかけるときの声が、またひときわ破壊的なのだ。しばらく携帯を手に何ごとか喋《しゃべ》っていたが、やがてくるりとこちらを向いて言った。

「ダメだー。出ないやあ。留守電入れたけど、気づいてくれるかなあ」

留守電か。ずいぶん長く話していたので、てっきり相手がいるのかと思った。

恵利香は首をグルグル回し、肩をとんとん叩《たた》きながら言った。

「今日は待子《まちこ》さんと夜明かしかな」

わたしはゾッとした。恵利香とふたりで夜明かしなんて冗談じゃない。そっと自分の携帯を見る。着信もメールの返信もない。

「携帯見たってムダだよ。待子さんにカレシから返事なんて来るわけないじゃん」

恵利香は意味深な上目遣いをした。はっとした。何を言おうとしているのだ恵利香は。

「ねえねえ、待子さんさあ。耳の中になに入れてるの」

恵利香は面白がるようにわたしの顔を覗き込み、つかつかとそばにやって来て、いきなりイヤーウイスパーを引き抜いた。

「あたしが気がつかないとでも思ってたの。耳栓しながらあたしがなに話してるか、口の動きを読もうとしてたでしょ。ど失礼なひとだよね。そんなにあたしの声が聴きたくない？」

声に込められた怒気に、顔から血の気が引いた。

「カレシが言ってたよ。待子さんの時代は終わったって。四十近い年増《としま》より、若い恵利香ちゃんの方がいいに決まってるって。男連中もみんなそう言ってる」

知っていた。恵利香に言われなくてもわかっていた。好意的だった男性社員の態度が、恵利香の入社以来あからさまに変わった。チビで狸《たぬき》のようだったが、恵利香には男好きのするところがあった。ときどき康範も睨《ね》めるような目で恵利香を見ていた。はっとした。カレシってまさか？　康範はわたしに冷たくなった。いつから？　恵利香が入社した頃から。まさかまさかまさか。胃がキリキリ痛み始める。

恵利香は真っ黒なアイラインに縁取られた目で、上目遣いにわたしの顔を見る。

「待子さんて控え目に見えるけど、ほんとはすっごい目立ちたがりなんだよね。けっこう自分本位だし、いつも男にちやほやされてないと気がすまないの」

「やめてよ」

　わたしは小さな声で言った。

「昔はそれでも通ったんだろうけど、もう通用しない。だって若くないんだから」

「やめてってば」

　恵利香が目を細める。残忍な獣が、獲物をいたぶろうとするかのように。

「知ってる？　野生動物に年寄りはいないんだってさ。なんでって食われちゃうから。待子さんもそう。生きてる価値なんてない。もう子供だって産めやしないし、男にも捨てられて」

　わたしは叫声《きょうせい》をあげて恵利香に飛びかかり、仰向けに床に押し倒した。怒りが一気に沸点に達していた。

　喚《おめ》き叫びながら、恵利香の顔を肩掛けで蔽《おお》い、渾身《こんしん》の力を込めて押さえつける。恵利香はもがき、必死にわたしをはねのけようとするが、小柄な恵利香には無駄な抵抗だ。

　わたしは恵利香の耳元に口を寄せ、蛇のように毒づく。

「このバカ女。二度とくだらないことを言えなくさせてやる」

　恵利香はわたしの身体《からだ》の下でしばらく手足をジタバタさせていたが、徐々に力が弱まっていき、やがて完全に動かなくなった。

　気がつくとしんとして、すべての物音が消えていた。わたしはのろのろと恵利香の身体から降りた。脈を取り、心臓の上に手を乗せる。大丈夫。動いてない。もう二度と、あの凶々《まがまが》しい声に悩まされることはない。そう思ったら心の底から安堵《あんど》した。わたしは床の上に大の字になって涙を流して笑った。耳を劈《つんざ》くほどのけたたましい声で。

恵利香を殺した。そうメールを送ると、康範が血相を変えて、雪だらけになってやって来た。玉突き事故が起き、道路が通行止めになっているので、自宅から歩いて来たらしい。

恵利香の死体を見て、康範はへたり込んだ。しばらく呆然《ぼうぜん》としていたが、「どうにかするしかない」と呟《つぶや》いた。康範は逆玉の輿《こし》だった。社員であり愛人でもあるわたしが恵利香を殺したことが明るみに出れば、仕事も家族もすべて失う。ゆえにいま彼の頭にあるのは、恵利香の死体をどう処理するかだけだ。道路は使えず、雪のせいで穴を掘って埋めることも難しい。恵利香はここから動かせない。どうすればいいのだ。どうすれば……。

恵利香は会社を辞め、東京でキャバ嬢をやることになった。明日みんなが出社してきたら、そう言う。康範の案だ。死体はうまく処理できた。もう二度と人の目に触れることはない。ふたりでうまく口裏を合わせれば、このまま逃げおおせる。

翌日出社すると社内が騒然としていた。例の玉突き事故に、うちの社員が巻き込まれていたのだ。意識不明の重体で、家族への対応や仕事の穴埋めに全員が追われた。おかげで恵利香のことをあれこれ詮索する者は出なかった。突然退社した恵利香のことを、想像以上にたやすく、みなが忘れていった。

忘れられなかったのはわたしだ。あの笑い声が耳について離れない。殺したときに何の痛痒《つうよう》も感じなかったというのに。内側から聴こえる声は、徐々にわたしの心を蝕《むしば》んでいった。

気がつくと、康範が奇妙な目でわたしを見るようになっていた。わたしが犯行をバラさないか恐れているのだ。死体の処理に手を貸したことから、彼も罪を免《まぬが》れない。むしろ失うものは、わたしよりも大きい。わたしも、いつか康範に殺されるかもしれない。異様な緊張状態の中で、わたしは精神のバランスを失っていった。

いつの間にか日が暮れていた。電気もつけないまま、事務所の中でぼんやりしていた。頭の中に霞《かすみ》がかかっている。もうダメだ。自首しよう。漠然と、そう思った。

気がつくと、そばに康範がいた。耳元に唇を寄せ、ひどくやさしい声で囁《ささや》く。

「ダメだよ。待子。誰にも言ってはいけない」

康範が変な目をしてわたしを見ている。髪が薄くなり老けたなと思う。その手がわたしの首にかかった。

突然、闇の中に恵利香の笑い声が響き渡った。心臓がぎゅっと収縮した。恵利香。

「ヒャヒャヒャヒャヒャ！」

ドアの前に、携帯電話を手に若い男が立っている。玉突き事故に巻き込まれた社員、有川正二《ありかわしょうじ》だ。最近意識を取り戻したと聞いたが、なぜ有川がここにいるのだ。

「恵利香がキャバ嬢になるなんて嘘《うそ》だ。恵利香はこの場所から動いていない」

有川は低い声で呻《うめ》くように言い、携帯の留守録を再生した。

〈ショーちゃん？　あたしあたしぃ。携帯壊れちゃったからショーちゃんに借りた業務用の携帯でかけてるよぉ。雪で閉じ込められちゃったから迎えに来てくれないかなぁ。一日中耳栓してる変態さんも一緒だよぉ。いつも所長がかばってたけど変態は変態だよね。へんたーい止まれ！　なんちゃって！　ヒャヒャヒャヒャヒャ！〉

ああ。イヤーウイスパーを嵌めていたから聴こえなかったのだ。笑い声以外は。

有川は言った。

「携帯の位置情報は最後にここから発信されています。いったい恵利香をどこへやったんです？」

バカな恵利香。へんたーい止まれとは何ごとだ。だが彼女には珍しく、重要なことを言っていた。康範がわたしをかばってくれていたこと。その内容を聞いていたら、わたしは恵利香を殺さなかったかもしれない。

ＧＰＳ携帯なんて迷惑この上ない。この世から消した人間が、宇宙から居場所を知らせてくるなんて、だまし討ちに遭ったみたいだ。

我が社の仕事はパイプ一一〇番。ビルや家屋のパイプの詰まりを直す。皮脂や髪も業務用の薬剤で溶かしてしまう。恵利香は雪のように、跡形もなく溶けてくれた。だからもうあの声は聴かずにすむと思っていたのに。きっとこれから先、何度も聴くことになるのだろう。捕えられ、裁判にかけられ、罪を償うまで。いや、おそらくそのあともずっと。恵利香の凶々しい声から、わたしは逃れることができないのだ。

夏色の残像　深津十一

初出『５分で読める！　ひと駅ストーリー　夏の記憶　西口編』（宝島社文庫）

ゆるやかな膨らみを見せていた白いレースのカーテンが、ひらりと大きくひるがえった。緑の香り、小鳥のさえずり、森の冷気が一度に流れ込んでくる。

「避暑地とはよく言ったものだなあ」

橋本《はしもと》さんは窓際に置かれた籐椅子《とういす》の上で大きく伸びをし、朝の光に目を細めた。

「せめてあと一泊、延長したくなるよ」

「今夜は二部屋空きがありますから、ご都合がよろしければぜひどうぞ」

と、言ってはみたが、昨夜、今回の夏季休暇取得がいかに大変だったかを、橋本さん自身の口から聞かされていた。私もかつては企業戦士だったから、おおよその状況は想像がつく。延泊の勧めは、ペンションオーナーとしての形ばかりの提案だった。

「できればそうしたいんだがね。来年は思い切って一週間の滞在を計画するかな」

「ぜひそうなさってください。料理の腕を上げてお待ちしております」

私はサラダのボウルとクロワッサンのバケットをダイニングテーブルに運ぶと、その足で窓際に向かい、そよぐカーテンを左右に分けた。

「それにしても、これだけのペンションを全部一人で切り盛りするのは大変だろうね」

「お客さまにご不便をおかけしないよう、一度のお泊りは三組までとさせていただき、なんとかやらせてもらっています」

「うん、おかげで静かに過ごせたよ。妻もそれが気に入っていたようだ」
妻、という言葉に胸の奥がぎゅっと絞られた。

『森のペンション　ウッディ・アンド・ミステリー』

長々として、さほどセンスのよくない名前は妻の発案によるものだ。三年前の夏、客として訪れたこの避暑地に惚《ほ》れ込み、ペンションをやりましょうと言い出したのも妻である。私の職場で早期退職希望者の募集が開始されたタイミングだった。

趣味が高じて調理師免許まで取った料理の腕には自信があったが、それを仕事とするとなれば話は別だ。資金だって馬鹿にならない。だが一回り年下の妻は、森の中のログハウスで暮らすのが夢だったと毎日のようにせがんだ。でも素人《しろうと》がいきなりペンションなんて無理だよと言うと、あなたの集めたミステリーの本を宿泊するお客さんに読んでもらうっていうのはどう？　と、問題点を微妙にずらした答えが返ってきた。

ああ、それいいなと、魅力を感じてしまったのが運のつきだった。

いつしか話はとんとんと進み、一年半後には、割り増しされた退職金のほとんどをつぎ込んだログハウスが建っていた。

思っていたより退屈ね。

たった一年で妻は音《ね》をあげた。都会育ちの妻にとって、自然に囲まれた穏やかな日々は、あわただしく刺激的な日常があってこその魅力的な環境だったのである。

だからといって今さら後戻りはできない。再び都市部にマンションを買う金など残っていないし、生活費はペンションの収入でまかなわなければ立ち行かないのだ。

いさかいの絶えない日々が続き、晩秋のある日、妻との関係は破綻した。

「お、帰ってきたようだ」

橋本さんの声で我に返った。

玄関のドアが乱暴に閉じられる音がした。廊下を走る足音が近づいてくる。

「やけに騒々しいな。うるさくして申しわけないね」

「今朝は他にお客さまはおられませんので、お気になさらずに」

白いサマードレスと森の香りが部屋に飛び込んできた。

「た、大変！」

「どうした」

「人が、女の人が消えちゃった」

橋本さんの奥さんは冷えたグラスの水を一気に飲み干すと、ふうと大きく息を吐《つ》き、事の次第を早口でまくし立てはじめた。

「このパンフレットに載ってる森の散策路のね、つきあたりからちょっと入ったところに小さな空き地があるでしょう。知らない？　あるのよ。草が生えていなくて周りが白樺《しらかば》に囲まれてるところが。汗をかいちゃったから、そこでしばらく休憩していたの。深呼吸したりしてね。そしたら、そうね十メートルほど先の森の中に、なにか黄色い動くものが見えたの。ひまわりみたいな色のワンピースを着た女の人だった。ショートカットの小柄な人。それまでぜんぜん気づいてなかったから、いつの間にってびっくりしちゃった。まあそれはいいのよ。でね、別のペンションのお客さんかなって思って、なんとなく目で追ってたのね。そしたら森の奥から涼しい風が吹いてきて、その人のワンピースの裾がふわってなって、いきなり消えちゃったの」

「ん？　なにが」

「だからその女の人よ。私が見ている目の前で、すう、って」

「そりゃお前、木の幹の向こう側にまわったんだろうさ」

「違うわよ。そのあたりの白樺の幹なんて、みんな細いんだもん。大人が体隠すのは絶対無理。ねえ、あの辺の木は細いわよね」

私は、「奥さまのおっしゃるとおりです」と答えた。

「だったら、あれだ。気分でも悪くなってしゃがみ込んだんだよ。それで足元の草の陰に隠れてしまった」

「違います。そんなに背の高い草なんか生えてません」

「じゃあ本当に消えたっていうのか」

「最初からそう言ってるじゃない」

「いや、しかし、そんなこと」

「間違いなく消えました！」

そろそろいいだろう。私は二人の視界に入るよう、立ち位置を少し変えた。

「どうも、お騒がせして申しわけありません。実は、奥さまが森の中でご覧になったのは、人体消失現象の謎解きに挑戦していただこうという、当ペンションのミステリー企画なのです」

一瞬の沈黙があり、橋本さんの笑い声ですぐにそれは破られた。

「おお、なるほど。そうか、ここはログハウスとミステリーが売りのペンションだったな。ミステリー小説の蔵書がたくさんあるだけかと思っていたが、まさかこんな楽しい企画があるとはね」

「え、どういうこと？」

「だから、お前が見たのは、なんらかのトリックによる人体消失現象だったということだよ」

「じゃあ、あれ、手品だったの」

「そうお考えいただいて結構です。今からが謎解きタイムのスタートとなります。そして朝食後に、お客さまによる推理の結果をご披露《ひろう》願うという趣向です」

橋本さんは大いに喜び、奥さんに対し、森の中での現象を再度くわしく説明するようにと迫った。

「降参だ。まったくわからん。くやしいが答えを教えてくれないか」

橋本さんは、食後も一時間近く頭を悩ませていたが、チェックアウトの時間が迫り、ついにギブアップを宣言した。奥さんはトリックとわかって逆に興味を失ったようで、てきぱきと帰り支度をこなして、いつでも出発できる態勢になっていた。

「それでは、現場でご説明しましょう」

私は二人を従えて森の散策路に分け入った。問題の空き地には十分ほどで着いた。

「ここよ。私がここに立っていて、女の人はあっちにいたの」

奥さんの指差す方向を確かめ、私はひそかに胸をなでおろした。

「たしかに、人が隠れることができそうな木も草もないな」

「でしょう」と、奥さんは得意げに鼻を鳴らした。

「では種明かしとまいりましょう」

私は二人に、この位置を動かないようにと念を押し、森の奥に向かって歩き始めた。落ち葉の降り積もった地面は柔らかく湿り、一歩ごとに靴底がじわりと沈む。

ほら、あの辺よという奥さんの声が聞こえた。その通り。よく見ておられる。私はその場所でいったん立ち止まり、左へ一歩、カニ歩きの要領で移動した。

「うわ」「消えちゃった」

二人の叫び声が森の中に拡散し、驚いた鳥たちが木々の梢《こずえ》から飛び立った。

「どうぞ、こちらへおいでください」私は大きな声を出して二人を呼び寄せた。

真っ先に駆けつけた橋本さんは、衝立《ついたて》のように立てられた畳一枚分ほどの鏡に気づくと、「え、こんなところに鏡が？」と言って、その場で固まった。

「これはバレエスタジオなどで使われている大型の縁なし鏡です。奥さんがご覧になった女性は、今の私と同じように、この鏡の後ろに隠れたのです」

「そうか。あの空き地の方角から見たときに、鏡の面が四十五度斜めになるように立ててあるわけだ。だから自分の姿ではなく、真横にある森の景色が映って見えると」

「その通りです」

「理屈がわかっても、少し離れると鏡が消えて奥行きのある森にしか見えないなあ」

「先ほどの黄色いワンピースの女性はどなたですの？」

「近所に住んでいる方ですよ。お客さまの予約が入るたびに、今回のようなお芝居をお願いしているのです」

「いやあ、まいったよ」「手が込んでいるわねえ」

橋本さんはしきりと感心し、奥さんは呆《あき》れたという顔をしてみせた。

「以上で種明かしは終わりです。お疲れさまでした」

空き地に戻っていく橋本さん夫婦を見送りながら、私は肩に入っていた力を抜いた。今回もなんとかやり過ごせた。しかし今夜は一組、明日、明後日《あさって》は二組の予約が入っている。中にはコアなミステリマニアもいるだろう。こんな子供だましのやり方がいつまでも通用するとは思えない。いずれ噂《うわさ》になるはずだ。あの森の奥はなんだか変だぞ、と。

ん？

背後に気配を感じて振り向くと、黄色いワンピースに身を包んだ妻が立っていた。

――わたし、この色大好き。ひまわりの黄色。なんだか夏って感じがするじゃない。

二人でペンションをはじめたばかりの頃の、妻の明るい声がよみがえる。

だが、今、目の前に立つ妻は押し黙り、白い紙のように無表情だった。

すまなかった。あのときは、つい、かっとなってしまって。

妻は私をじっと見つめたまま、すうっと森の背景に溶け込んだ。黄色いワンピースの残像が、しばし視界の中央に留まり、やがてそれも消えた。

私はその場にしゃがみ込んだ。

そっと土に触れる。この下に眠る妻を、どこへ移せばよいのかと考えながら。

転落　ハセベバクシンオー

初出『「このミステリーがすごい！」大賞10周年記念　10分間ミステリー』（宝島社文庫）

牧村仁美の隣人・安藤勝江①

「下に救急車が停《と》まったでしょ。転落事故だ、なんて騒ぎになって。で、落っこちたのがうちのお隣の牧村《まきむら》さんちのベランダからだっていうじゃない。だから、ああ、ついにやっちゃったんだって思ったわけ。え？　うーん、まあ、だから虐待よ。このマンション、壁が薄いわけじゃないんだけど、聞こえてくるのよねえ。牧村さんの声が大きかったのかもしれないけど、とにかく、やれ、ご飯の食べ方が汚いだの、テレビをつけっぱなしにするなだのなんだのって。タカシくん、まだ五歳でしょう。そんな、なんでもちゃんとできるわけないじゃない。それでもタカシくんは、すみません、すみませんって。ごめんなさいじゃなくて、すみませんよ。五歳なのに。あれ、母親に『謝るときは、ちゃんとすみませんって言え』なんて言われてたんだと思うわ。児童相談所の人も様子を見に来てたみたい。あ、私じゃないわよ、通報したの。やっぱり、そこの公園なんかで遊ばせてるときでも、様子が変だったんじゃないの？　それでピンと来た人が児童相談所に連絡したんだと思う。ああ、そうなの？　虐待とかしてる親は、子供を外に出さないものなの？　ふーん、ああ、そう言われてみれば、最近はあまりタカシくんが外で遊んでるの、見かけなくなったかもしれないわね。ほら、やっぱりよくない兆候だったんじゃないの――?」

牧村仁美の友人・奥平慶子①

「ええ。仁美《ひとみ》から相談されてました。自分が虐待する母親になるなんて、仁美もショックだったみたいで。仁美は、普通の家庭って言ったら変だけど、自分自身が虐待を受けたという経験はなかったみたいです。よく、『虐待の連鎖』なんて聞くじゃないですか。自分は虐待されたわけじゃないのに、どうして虐待をしてしまうんだろうって。いえ、カウンセリングとかには行ってなかったと思いますよ。自分で本を読んだり、ネットで調べたりして。彼女なりに悩んで、抜け出したいと思ってたみたいです。うーん、どうだろう。結局、折り合いというか、自分の中で整理はつけられなかったんじゃないかな。タカシくんを虐待してしまう原因がね、わからなかったみたいだから。自分では、タカシくんの顔が、父親に似すぎているからだって思っていたみたい。顔を見ていると、憎たらしくなってくるって――」

牧村仁美の隣人・安藤勝江②

「でもタカシくん、きれいな顔してるでしょう。ね、そう思わない? でしょう。あれは将来、男前になる顔よね。ほら、あれに似てない？　ＮＨＫの朝のドラマの――、うううん、今やってるのじゃなくて、何年か前にやってたのに出てて人気が出て、最近はほら、宇宙船かなんかの映画にも出てる、えーと……、あ、そうそう、その人その人。大きくなったらあんな感じになるんじゃないの、なんて娘と話したことあるのよ。あ、ＮＨＫって言えば、牧村さんちに受信料の集金の人が来たときね、すっごい剣幕で追い返してたわ。『うちは絶対ＮＨＫは見ないから。受信料なんて、絶対払わないから』って。大声出して。そういえば、生活保護を受けてると、ＮＨＫの受信料が免除になるって、そうなんでしょう。だから、あれ？　集金の人が来るってことは、生活保護じゃないんだ。働いてない、働いてない。それで母子家庭だから、てっきりそういうのもらってるのかと思ったんだけど、そうじゃなかったみたい。とにかく、感情的になりやすい人だったんじゃないかしらね。あんな風に集金の人に食ってかかったりして。だからホント、心配だったのよ、タカシくんのことが――」

牧村仁美の友人・奥平慶子②

「タカシくんの父親ですか？　ええ、同棲《どうせい》はしてたけど、籍は入れてなかったんです。まあ、役者っていったって、あの頃は全然仕事なかったみたいですし。そういうのって、結構悲惨ですよね。夢に向かって努力している人は輝いているとかいうじゃないですか。まあ、人にもよるんでしょうけど、夢の途中にいても醜い人はいるんですよ。やっぱり不安じゃないですか。自分の夢が現実になるのかどうかわからないわけだし。それに嫉妬？　自分と同じ夢に向かってて、一歩も二歩も先を行っている人に対しての。だからすごく苛立《いらだ》ってたみたい。それでそういう不満とか、イライラした感情を全部仁美にぶつけてたみたいで。ええ、ＤＶですよね。そういうのがあったと思います。だから、仁美のタカシくんへの虐待は、それが影響してるんじゃないかって、私は思ったんです。そういう意味では、やっぱり『虐待の連鎖』ですよね」

×　×　×

タカシが一歳になる一ヶ月前に、彼は出て行った。普段通りに仕事に出かけて、そのまま帰ってこなかった。共演していた女優の元に転がり込んだことは後で知った。

その頃、彼はＮＨＫのドラマで注目され、仕事が続々と舞い込み始めていた。

「タカシが、福を運んでくれたのかもしれないな」

出て行く前の日、タカシを抱きながら、目を細めてそんなことを言っていた。

「おまえは汚い」

「おまえのことは大嫌い」

私は、タカシが心の底から傷つくことをわざわざ選んで言った。タカシの反応で、それらの言葉が私の期待通りの働きをしたことがわかると、私はとても満足した。しかし同時に、そんなことで満足する自分に戸惑った。

タカシの頭を、雑誌で思い切り叩《はた》いた時、なにか一線を越えてしまったような、もう後戻りのできないところまで来てしまった感覚に襲われた。しかしそれが、どういうわけか快感を伴っていた気がして、吐き気がした。敢《あ》えて危険を冒して、スリルを楽しむ、そんな感覚に似ていた。エスカレートしていくであろうことは火を見るよりも明らかだった。湧き上がる得体の知れない衝動を抑える自信は、もはやなかった。このままでは、いずれ必ず取り返しのつかないことになるだろう。それは、確信に近い予感だった。

×　×　×

牧村仁美の隣人・安藤勝江③

「まあ、こんな言い方するのもアレだけど、タカシくんにとってはよかったんじゃないかしらね。目玉風船をつけようとして落っこったんでしょ？　え？　ああ、そうね、結構多いわね、カラス。ベランダの手摺《てす》りに止まってて、びっくりすることあるから。意外に大きいのよね、カラスって。あ、カラスの話はどうでもいいわね——」

× × ×

カラスは嫌い。大嫌い。彼が出演していた映画のタイトルに「カラス」という文字が含まれているものがあるから。

空気が抜けた目玉風船には穴が開いていた。針、いや、もっと太いもの、鉛筆のようなもので故意に開けた穴が。すぐにタカシの仕業だと思った。

近頃の私は、タカシのすることにほとんど関心がなくなっていたのだが、私を怒らせることは別だった。

タカシを叱る絶好の機会。タカシが風船に穴を開けたことは、私にとってはそれだけのことでしかなかった。

子供の他愛のない、意味不明な悪戯《いたずら》。ただそれだけのことだと思っていた。たかが五歳のタカシのすることに、意味や理由、あるいは目的があるとは思っていなかった。

しかしそれは、私が理解することを放棄していただけだった。

タカシがどうして目玉風船に穴を開けたのか？

それがわかったのは、新しい目玉風船を設置するために、ベランダに立てた脚立に乗った私を、タカシが突き飛ばした時だった。

誰にも言えない赤い傘の物語

貴戸湊太

初出『3分で読める！　誰にも言えない○○の物語』（宝島社文庫）

赤い傘が、怖い。街中で赤い傘を見るたび、恐怖に震え足がすくむ。気が遠くなって、そのまま気絶してしまいそうになるほどだ。

だから、雨の日は外出しないようにしている。彼女のことを思い出さないようにするため。誰にも言えない秘密が明らかになるのを防ぐため。

＊

赤い傘が怖くなったのは、大学四年生の冬のことだった。春に第一志望の会社から内定をもらっていた俺は、残された気ままな大学生活をドライブと温泉に費やしていた。渋い趣味だが、俺は温泉を車で巡るのが好きだった。その日も足を延ばして、県内のW山にある秘湯まで車を走らせていた。

W山の奥深く、舗装されていない道を走っていると雨が降り始めた。勢いのある雨だ。土砂崩れを恐れて走ること数十分。不安が高まったところで、舗装された道路が姿を現した。温泉の案内看板も出ている。ああ、やっとだ。そこで安心してしまった。

不意に、目の前の道路に女性が飛び出してきた。あっと声が出て急ブレーキを踏むも、間に合わなかった。女性の持っていた赤い傘が宙に舞い、彼女は道路に倒れた。その様子は、俺の目にフィルムのように克明に焼き付いた。

車内で放心した。女性は倒れたままぴくりとも動かない。その段階になってようやく、彼女が飛び出してきたところに横断歩道があるのが分かった。雨で見えなかった。服装から見て若い女性だった。彼女は死んだのか。気が付けば俺は車を降りず、バックさせていた。逃げようとしているのだ。救急車を呼ばなければ、とは思った。しかし、通報して身元がバレれば、事故を起こしたと就職先に知られてしまう。俺は車の向きを変えるとアクセルを踏み込んだ。女性のことは助けず、俺は逃げた。

一人暮らしの部屋に帰り、数日震えて過ごした。俺がやったのは轢《ひ》き逃げという重罪だ。いつニュースになって、警察が訪ねてくるか。生きた心地がしなかった。

だが、一週間経《た》っても轢き逃げはニュースにもならない。警察も訪ねてこなかった。新聞を隅から隅まで読んだが、轢き逃げの記事はなかった。山奥とはいえ、舗装された道路での出来事なのだが。不思議に思いつつも、俺は次第に緊張を解いていった。

そんなタイミングで、付き合っていた彼女から電話が掛かってきた。卒論が完成したのでお祝いの食事に行こうというのだ。彼女は卒論を仕上げるため、ここ数週間大学に泊まり込んでいた。久しぶりに会えることが嬉《うれ》しく、俺は幾分軽やかな足取りで部屋を出た。雨が降っていたので、ビニール傘を携えて待ち合わせ場所に向かう。

先に待ち合わせ場所の駅に着いたのは俺だった。ビニール傘を差して駅前の広場で待っていると、彼女が小走りにやってきた。お気に入りの赤い傘を差しながら。

それを見た瞬間、事故の光景が蘇《よみがえ》った。宙を舞った赤い傘。俺は内臓を鷲掴《わしづか》みにされたような恐怖に襲われ、悲鳴を上げてその場にへたり込んだ。

どうやら、俺は事故の影響で〝赤い傘〟恐怖症に陥ってしまったようだ。他の日にも、街中で赤い傘を見つけては、恐怖の叫び声を上げた。

こうなると赤い傘を視界から排除するしかないのだが、街中での赤い傘との遭遇は避けられない。だから俺は、雨の日の外出を極力減らした。そのせいで大事な用事を断ることもあったが、赤い傘を見た時の恐怖よりはよほどましだった。

同時に、俺は自分の周囲から赤い傘を排除した。街中の傘はどうにもならないが、知人には説明すれば何とかなる。赤い傘が怖い理由を説明するのには苦労したが、近所の子供が振り回していた赤い傘の先端が目に入りかけて怖くなったと言っておいた。

周囲の人たちは、幸いにも理解を示してくれた。付き合っていた彼女も、お気に入りの赤い傘を押し入れの奥にしまって封印してくれたらしい。

こうして俺は赤い傘を避ける生活を確立し、歳を重ねていった。

二十六歳の時に、付き合い続けていた彼女と結婚した。そして一年後には娘が生まれた。妻に似て美人の娘だ。目に入れても痛くない可愛《かわい》らしさだった。

だが、赤い傘に関しては別だ。俺は赤い傘が怖いままだったのだが、娘は小学生の時、赤い傘がほしいと言い出した。仲の良い女の子がお気に入りで使っている赤い傘が可愛かったらしい。娘はおねだりをしてきた。しかし、俺はそれを断固として拒絶した。あまりの頑《かたく》なさに娘は泣き出したが、こればかりはどうしようもなかった。

ある日、昼から急に雨が降り出した。傘を忘れた俺が、ビニール傘を買って赤い傘を警戒しながら帰宅すると、娘が泣いていた。妻に訊《き》くと、赤い傘の女の子とけんかをしたらしい。原因は、赤い傘を貸してと頼んだのに、断られたからだそうだ。よほど赤い傘がほしかったのだろう。俺のせいで娘につらい思いをさせている。自分がかつてしでかしたことの愚かさが痛感された。

だが、娘の思いはより一層つらいものとなる。その日の夜、赤い傘の友達が事故死したと連絡が入った。学校帰りに轢き逃げされたらしい。雨の日の田舎《いなか》道ゆえに目撃者はおらず、タイヤ痕も雨で消えており轢き逃げ犯は見つからなかった。その後数ヶ月、娘は俺たちの目を盗むように、こっそりと事故のニュースや新聞記事を見ては泣いていたようだ。大切な友達とけんかをしたまま一生の別れをすることになった心境は察するに余りある。これも全て俺の責任だ。

月日が流れた。娘は二十五歳になり、警察官になった。交通課に勤める傍《かたわ》ら、未《いま》だ犯人が捕まらない、友達の轢き逃げ情報を集め続けている。時効が成立しているというのに、実に友達思いだ。かつて轢き逃げを犯した俺としては複雑な心境だが、娘の成長は嬉しかった。

そんな娘が、会わせたい人がいると言ってきた。交通課の先輩で、三つ年上の男性らしい。彼と結婚したいと娘は言い出した。

驚いたが、実際にレストランで会ってみるといい男だった。大らかな人柄に触れるうち、気が付けば俺と彼は酒を酌み交わし、互いに笑い合っていた。

「交通違反はびしびし取り締まりますよ。たとえ彼女のご両親であっても」

「おお怖い。まあ、俺たち夫婦は両方ともペーパードライバーだから安心だがね」

妻は十数年間ペーパードライバーで、俺に至っては大学時代から運転を断っている。

「それが一番安全です。なにせ車は怖いですから。そうそう、こんな話がありますよ」

彼はそう言って、警察内部で知られている常習犯という話題を出してきた。本来こういう話を一般人にするのはタブーだろうが、緊張からの解放と酒の勢いがあったのだろう。彼は「『赤い傘の女』を知っていますか」と訊いてきた。

赤い傘という言葉にどきりとしたが、平静を装って知らないと答えた。すると彼は酔った勢いで語り出した。赤い傘の女は、W山近辺に出没する当たり屋のことだという。先日逮捕された女性は五十代後半だったが、二十代の時に当たり屋を始めたらしい。手口は、見通しの悪い雨の日に道路に飛び出し、赤い傘を投げ出して車に当たったふりをして金銭を要求するというものだ。赤い傘を投げ出すのは、そちらにドライバーの注意を引きつけ、車に当たったかどうかの記憶をあいまいにするためだ。

話を聞きながら、俺はまさかと思った。W山、赤い傘、女……。

お金を要求された人が警察を呼び、彼女は逮捕された。彼女曰《いわ》く、三十数年で当たり屋稼業は成功続きだったそうだ。だが、唯一悔やまれるのが二十代の頃の一件で、当たったふりをしたものの頭を打ってしまい、気絶したのだという。惜しいことをしたと嘆いていたそうだ。

間違いない。俺が死なせたと思った女性は当たり屋だった。実際は車に当たってもいなかったのだ。全てが明らかになり、俺は大いに安堵《あんど》した。

積年の後悔と恐怖が、解けるように消えた。雪解けのように爽やかな気分だった。それからは楽しい宴《うたげ》だった。彼が帰った後も、妻と娘と杯を重ねた。酔いが回って大胆になり、俺は妻に、帰り道で赤い傘を買って帰ろうと提案した。

妻は困惑していた。俺を気遣ったのか、娘と一緒にやめるよう言ってくる。だが、俺は従わなかった。赤い傘はもう怖くない。二人を振り払い、俺は雑貨店に入った。赤い傘は売り場に並んでいた。そのうち一本を手に取り、俺はその場で開く。赤い花弁のような傘が、鮮やかな色彩で花開く。

だが――怖くはなかった。やった。俺は拳を固める。ついに最大の恐怖が消えた。

「い、いやーーッ！」

ところが、追いついてきた娘が絶叫した。赤い傘を指差し、恐怖で顔を歪《ゆが》めている。

「赤い傘が、赤い傘があぁっ」

彼女はその場にへたり込んだ。ミナちゃん、許して。殺すつもりはなかったの」

「ごめんなさい。ミナちゃん、許して。殺すつもりはなかったの」

ミナちゃんというのは、交通事故で死んだ娘の友達の名前だ。娘が、彼女を殺した？　そう言われてはっと気付く。事故のあった日は雨が降っていた。当然、ミナちゃんはお気に入りの赤い傘を差していただろう。それを貸してほしいと頼んで断られ、押し問答をした娘が、弾みで彼女を車の前に突き飛ばしてしまったとしたら。その時、傘がミナちゃんの手を離れ宙を舞う光景が、娘の目に焼き付いたとしたら。

全身が震える。酔いが一瞬で醒《さ》めて、代わりに圧倒的な後悔の波が襲ってきた。

俺は気付けなかった。俺が赤い傘を避けていたから、家族もそれを避けてくれていた。そのことが、娘が赤い傘を怖がっていることを見えなくさせた。

娘はなおも泣いている。そういえば事故直後に娘は俺たちの目を盗んでニュースや新聞記事を見ていたが、俺も自身の轢き逃げ直後に新聞を隅から隅まで読んだではないか。同じ心境だったのだ。そして警察官になっても轢き逃げの情報を集めていたのは、十年以上経っても目撃者が見つかるのではないかという恐怖から逃れられなかったから。

哀れなその姿を見ながら、全ては俺の責任だと思った。俺があの時、赤い傘の女性を救護していれば当たり屋に気付けた。赤い傘も怖くならなかった。娘に買ってやれた。そうすれば、娘が大切な友達を死なせることもなかったはずだ。

俺は娘の背中をさすりながら、ようやく追いついてきた妻の方を見た。その妻も、赤い傘を見ると悲鳴を上げ、ミナちゃん許して、とつぶやいて泣き崩れた。傘を忘れた娘を迎えに行っただけだったの、と声を絞り出しながら。

そういえば妻が運転をやめてペーパードライバーになったのは、ミナちゃんの事故があった頃からだったか。

＊

あの日から私は赤い傘が、怖い。街中で赤い傘を見るたび、恐怖に震え足がすくむ。気が遠くなって、そのまま気絶してしまいそうになるほどだ。

だから、私は雨の日は外出しないようにしている。ミナちゃんのことを思い出さないようにするため。誰にも言えない私と娘の秘密が明らかになるのを防ぐため。

記念日　伽古屋圭市

初出『もっとすごい！　10分間ミステリー』（宝島社文庫）

冬の終わりに降る長雨を催花雨《さいかう》という。花よ早く咲けと天が促す雨なのだそうだ。雪の気配を忍ばせた鬱々《うつうつ》とした雨が、その日も朝から降り続いていた。日本海を越えた冷気が窓ガラスから滲《にじ》む閑散としたオフィスで、私は仕事に追われていた。私はひとり、残業を強いられていた。

時計の針が夜の九時を指し示したころ、ひょっこりと彼女が会社に姿を現した。昨年の春に入社したばかりの事務職の女の子だった。器量は十人並みだが、いつもにこにことしていて明るくかわいらしい子だ。寒さのためか頰がほんのりと朱に染まっている。金曜の夜であり、同僚か友人と呑《の》んでいたのかもしれない。「まだお仕事ですか」と目を丸くして彼女は問い、私は「まあね」と苦笑した。彼女は会社に手帳を忘れたことに気づき、慌てて取りに来たらしい。

彼女が手伝ってくれたおかげでそれから一時間ほどで仕事を終えることができた。帰りにお礼とばかり呑みに誘うと、彼女は喜んで付き合ってくれた。彼女に密かに好意を寄せていた私は、酒の勢いを借りてその想いを伝えた。彼女は恥ずかしそうにうなずいて、私の想いを受け入れてくれた。性急にも私たちはそのあとホテルで身体《からだ》を重ねた。行為を終え、私がまだ夢見心地でホテルの天井を眺めていたとき、まるで情事などなかったように、普段と変わらぬほがらかな口調で彼女が言った。

「私が小学生のとき、近所にね、自宅の門柱の上に毎日豆腐を置いているおじいさんがいたの。ある日、なんでそんなことするんですかって訊《き》いたの。どうしてだったと思う」

突然の謎かけに戸惑いつつ、私は理由を考えた。しかし一向に浮かんではこなかった。答えを尋ねても、彼女は悪戯《いたずら》を企むように微笑《ほほえ》むだけだった。

付き合いはじめてちょうど丸四年が経った同日、私と彼女は正式に結ばれた。つまり結婚したのだ。もちろんそれは偶然ではない。二人が結婚の意志を固め、挙式の日取りを計っているとき、いっそ二人が付き合いはじめた記念日に式をしようと彼女が提案した。ちょうどその日が日曜日だったこともあり、私に異論があるわけもなかった。

結婚式を終えた夜、古風な言い方をすれば新婚初夜、私は四年前のあの日に思いを馳《は》せていた。そしてふと、まだ明かされぬままの彼女の謎かけが、記憶の底からひょいと姿を現した。あのとき以来、私自身すっかり忘れていたのだ。あの謎かけの答えはなんだったのかと彼女に問いかけたが、ちゃんと考えて答えてよ、と言い返された。ふむ、それもそうかと私はうなずく。それからしばらく考えてはみたものの、やはりなにも浮かんではこなかった。

新婚旅行はハワイに行くつもりだった。少しありきたり過ぎる気もしたが、彼女は素直に喜んでくれている。ハネムーンベビーも悪くないよね、とも彼女は言っていた。私も早く子供が欲しい。

初めて迎える結婚記念日のときには、家族がひとり増えていた。前月に待望の男児に恵まれたのだ。そして子供はできれば二人は欲しいというのが夫婦共通の願いだった。やはりひとりっ子は寂しかろう。ベビーベッドに眠る我が子を見つめながらそんなことを思い、私は食卓に目を移す。記念日とあっていつもより豪勢な食事が並んでいた。妻自慢の手料理に舌鼓を打ったあと、私はかねてより温めていた答えを彼女に告げる。とある老人の自宅で、門柱の上に毎日置かれていたという、豆腐の謎の答えである。なんとなく、これを言うのは記念日まで取っておこうと考えていた。

「単純に、野良猫か、カラスや鳩《はと》の餌だったんじゃないのか」

門柱の上、なのだから犬というのは考えにくい。しかし妻は笑って「ぜんぜん違います」と楽しげに否定した。「動物に与えるためではない？」と訊くと、「ではありません」とこれもまた言下に否定された。この日から、答えは記念日にひとつだけ、というルールが決まった。私も妻も、この奇妙な遊びを楽しんでいた。

二度目の結婚記念日には家族は四人になっていた。二人目の子供、今度は娘が生まれたのである。そして今年、夫婦の念願だった一戸建てのマイホームを購入した。首都圏などに比べれば安い土地ではあるが、何十年というローンを抱えれば身も引き締まる。家族のためにも、これまで以上に仕事に精を出さねばなるまい。幸い給料は右肩上がりに増えているし、会社の業績もすこぶる順調である。

子供たちはすでに寝入り、まだ木の香が仄《ほの》かに漂うリビングで、私と妻はささやかに酒を酌み交わしていた。私は例の答えを妻にぶつける。

「なにかのおまじないとか、儀式だったとか」

ずいぶんと漠然とした答えであるし、まるで自信はなかった。そしてやはり「ぜんぜん違います」と妻は笑った。そうだろうなと私は思う。そんな答えでは膝を打つこともできない。なに、焦ることはあるまい。ゆっくりと答えに近づいていけばよい。

三度目の結婚記念日のとき、私は家族と離れ郷里にいた。前日の日曜日に母親が突然倒れ、ひとまず私ひとり押っ取り刀で駆けつけたのである。当然記念日を祝うこともできず、その数日後に意識が戻らぬまま母は帰らぬ人となった。六十を少しばかり過ぎただけの、突然の死だった。悲しみよりも、虚《むな》しさのほうが強かった。私は父親の顔を知らない。母は朝から晩まで身を粉《こ》にして働き私を育ててくれた。なんの趣味も楽しみも持ってはいなかったように思う。ただ生きるために働き、働くために生きていた。親孝行らしきことはなにひとつできなかった。孫の顔を見せられたことだけが、唯一の慰めだった。

四度目の結婚記念日のとき、妻の姿はなかった。二日前に私の浮気が発覚して妻は激しく泣きじゃくり、次いで激昂《げっこう》し、大喧嘩《おおげんか》に発展した。そして家には、私と二人の子供だけが残された。

私は深く反省していた。言い訳に過ぎないことは重々承知しているが、本当に魔が差しただけなのだ。私は妻を心から愛していた。もちろんそれは付き合いはじめた当初のように、惹《ひ》かれ合い、欲し合うような熱情ではすでになかった。もっと静かで、埋《うず》み火のような、積み重ねた時間が血肉となった慈しむような想いだ。私にとって妻の存在は身体の一部ですらあった。彼女が消えて初めて、私はそのことに気づいた。

時間を戻したかった。金輪際浮気をしないことはもちろん、けっして君を悲しませないことを私は誓う。

五度目の結婚記念日の夜、私はリンゴをかじっていた。庭に植えたリンゴの木が、この冬初めて実をつけた。庭のある家に住み、そこで野菜や果物を育てるのが妻の夢だった。それを叶《かな》えられたことは、私も嬉《うれ》しく思う。

リンゴの載せられた皿を差し出しながら、私は妻に微笑みかけた。例の、門柱に置かれた豆腐の謎かけ、に対する答えを告げるためだ。妻は、どんな答えを聞かせてくれるの、と期待するように、ほがらかな笑みで私を見つめていた。

『幸福《しあわせ》の黄色いハンカチ』って映画があっただろ。あれの黄色いハンカチといっしょで、誰かに向けた、なにかのメッセージだったんじゃないかな――

言いながら私は、これでは駄目だよなとわかっていた。「誰か」だとか、「なにか」だとか、まるで判然としない玉虫色の回答だ。案の定妻は、ぜんぜん違います、というふうに変わらぬ微笑を浮かべるだけだった。いつか彼女が「正解」と手を叩《たた》いて喜んでくれるまで、地道に模索を続けようと思う。

六度目、七度目、八度目の結婚記念日のときにも、儀式のように私は回答を告げた。けれどそのどれもが私自身納得のいかないものだった。永遠に答えは見つからないのではないかとすら思えた。そもそも本当に答えなどあるのだろうかという疑惑にも囚《とら》われていた。思いつきで告げただけの、妻の与太話だったのかもしれない。しかしその疑惑を彼女に投げかけることはしなかった。仮にそうであってもいいではないか。毎回結婚記念日に謎かけの答えを告げる。それが二人に残された絆《きずな》であり、私に課せられた義務なのだ。だが私に残された時間は、あまり長くないのかもしれない。

九度目の結婚記念日のとき、私は自信に満ち溢《あふ》れていた。ついに無理のない、納得できる答えを見つけ出すことができたのだ。妻と私が初めて結ばれた日、つまり謎かけを出されたのが一九七二年の閏日《うるうび》、二月二十九日だから、ちょうど四十年が経過したことになる。結婚して三十六年が経つ。私もずいぶんと歳を取った。実母が鬼籍に入った年齢も超えてしまった。私はようやく辿《たど》り着いた答えを妻に告げる。

「冬のある日、その老人の家では鍋を作ることになっていた。そして老人は鍋には木綿豆腐だという頑《かたく》なな信念があった。しかし彼の妻は間違って絹豆腐を買ってきてしまったんだ。彼は癇癪《かんしゃく》を起こし、激しく妻をなじり、すぐに木綿豆腐を買ってこいと妻を家から叩《たた》き出す。しかし豆腐屋などはすでに閉まっている時刻。君が小学生のころだから、コンビニはおろか、夜遅くまで営業している店などほとんどなかった時代だ。冬の夜の路上で、老人の妻は途方に暮れた。虚しさを覚えた。そしてそのまま彼女は帰ってこなかった。老人は激しく後悔した。彼は妻を愛していた。帰ろうかどうしようか、悩みながら妻は自宅の前までやってくるかもしれない。もう許している、まだ待っている、帰ってきてほしい。そんなメッセージを込めて、老人は木綿豆腐を毎日門柱の上に置いていたんだ」

妻の顔を見つめたまま、私は一気に語った。もちろんすべては私の創作だ。なにひとつ根拠はないし、いまとなっては正解かどうかなどわかりはしない。けれど私が見つめた写真の妻は、嬉しそうに微笑んでいるように思えた。

二十年前、私の浮気が発覚したあの日以来、我が家から妻の姿は消えたままだ。いまではそれぞれ独立した二人の子供は、自分たちを置いて蒸発した母親のことをどう思っているのだろう。私はいまでも妻のことを愛している。当時のことを心底反省し、強く悔いてもいる。けれど私はこの老人のように、豆腐を門柱の上に置くように、彼女に想いを伝えることはできない。ただ妻の写真を見つめ、語りかけることしかできない。

写真の中の妻は出会った四十年前と同じ、最後に見た二十年前と同じ、ほがらかな笑みで私を見つめていた。

彼女の亡骸《なきがら》の上に植えられた庭のリンゴの木は、今年も真っ赤な実をつけている。

夏の夜の不幸な連鎖

桂修司

初出『５分で読める！　ひと駅ストーリー　夏の記憶　東口編』（宝島社文庫）

ある夏休みの昼下がり、学習塾を終え炎天下を帰ると、玄関に見慣れない靴があった。ただいま、とリビングに入る。両親と見知らぬおじさんが座っていた。何か深刻な相談をしていたらしく、僕が帰ってきたのが気まずそうだった。

「優《まさる》くんかい？　大きくなったな」

おじさんが馴《な》れ馴れしく話しかけてくる。油の染みた青い作業服に、こってり太った顔は真っ黒に日焼けしていて、うちの父さんとぜんぜん似ていない。

「忘れちゃったかな？　おじさんは、お父さんの弟なんだよ。十年くらい前には、まだ赤ん坊だった優くんをよくだっこしてあげたもんだ」

僕はおじさんから逃げるように、宿題をするからと二階にあがり、実際にプリントを広げたけれど、内容はまるで頭に入らなかった。ずっとひとつのことが気に掛かっていたのだ。学習机の引き出しから、先週図書館で借りた占星術の本を開いた。

『この夏、君にとんでもない厄災がふりかかる。家族を守れるのは君しかいない』

はっとした。おじさんのことだと思った。僕はその本をそっと引き出しに戻した。

大人たちの話は長かった。僕はときどき偵察をするために、麦茶を飲みに下へ降りたり、三歳になったばかりの弟、こう君をからかいに行《や》った。

大人たちは僕の姿を見ると、あわてて話を止めるのだけど、おじさんがやっかいごとを頼みに来たのは子供でも分かった。僕はそのうちに二階に引っ込んでいるのに飽きてしまい、リビングでゲームを始めたので大人たちは話しづらそうだった。

「もう金の話は止めよう。せっかく十年ぶりにみんなそろったんだ。この夏はみんなで北浜《きたはま》の別荘に行こう」

父さんがそう提案し、おじさんと母さんはしぶしぶといった様子でうなずいた。

別荘には、おじさんとおじさんの娘、六歳になるせっちゃんも来た。おかっぱ頭のせっちゃんは、おじさんに似て日に焼けていたけれど、おじさんとちがって無口だった。そのわりに、僕たち兄弟について回った。僕はじっとりした雰囲気のせっちゃんがちょっと苦手だったけれど、僕のほうがお兄ちゃんだったので面倒を見た。

北浜には海水浴客がたくさんいた。こう君は生まれて初めて見る海に興奮し、砂浜を走り回っていたけれど、僕は波や砂よりかき氷を売る海の家が気になった。

別荘は砂浜を見下ろす高台にあり、防砂のために松林に囲われていた。別荘の西側は断崖になっていて、水平線に夕陽が赤く滲《にじ》みながら沈んでいくのが見えた。

日が暮れてきて、砂浜でのバーベキューが済むと、父さんと母さん、それからおじさんは炊事場で言いあいを始めた。

「こんなところまで来て、また金の話か。来るんじゃなかった」

父さんがホースの水でバーベキューの焼き串を洗いながら云《い》った。よれよれのアロハシャツを着たおじさんは顔を赤くし、丸い背をふるわせた。

「けど、親父が金庫に残した金は兄さんだけのものじゃないだろう?」

「親父が死んだのは五年も昔だ。今さら何を云う」

父さんはホースを持った手を止め、眼鏡《めがね》の奥からおじさんをにらんだ。

「あれは事業の運転資金だ。出て行ったきり死に目にも顔を出さず、やっと顔を見せたと思ったら、こんなところまで来て金の無心だ」

父さんはそう云うと、まだ焼けているコンロの炭に水をかけた。じゅわっという騒音とともに、白い灰があたり一面に舞い上がり、お父さんはむせ込んだ。

おじさんは、それはそうだけど、としばらく黙り込み云った。

「俺だって自分の店がつぶれそうなときに、こんな風にバーベキューなんか来たくなかったよ。ともかく来週までにまとまった金がいるんだ。頼むよ」

父さんは、おじさんに背を向けたまま無言で食器を洗い続け、母さんがおろおろしながらその様子をうかがっていた。僕は占星術の予言がまた気になってきた。

八時になって、父さんとおじさんは夜釣りに出かけた。釣りというのは名目で、実際にはふたりだけで話をするのだろう。

別荘の壁時計が十時をうった。父さんとおじさんは、なかなか帰ってこなかった。

母さんは早く寝るよう云ったが、僕もこう君もせっちゃんも、はじめての別荘に興奮してなかなか眠れず、布団の中でじゃれあったり携帯ゲームをしたりした。

それでもさすがにうつらうつらし始めたとき、突然にチャイムが鳴り、僕は眼をさました。僕は母さんよりも早く玄関に出た。蒼《あお》い顔をしたおじさんだった。

「優くんか。——お酒を飲んでいたのだけど、お父さんが酔っぱらって歩けなくなっちゃったんだ。おじさんひとりで運べないから、お母さんに手伝ってほしくて……」

母さんは、あの人が酔うなんて珍しいわね、と腰を上げ、懐中電灯を持つとおじさんと出て行った。ドアの向こうの空は星もなく真っ暗で、海に吹く風の音が聞こえた。

母さんは振り返り、こう君とせっちゃんを頼むわねと云った。僕はなぜだか不安で、もう母さんに会えないような気がして、行かないでと云いたかったけど云えなかった。

部屋に戻ると、もう十一時だった。こう君はすやすや寝ていた。もう寝よう、と起きていたせっちゃんに云うと、せっちゃんは素直にうなずいて毛布をかぶった。

僕はふと思いついて、母さんの携帯電話にかけてみたけど誰も出なかった。

不安で眠れずにいると、暗い窓の外に灯《あか》りが見え、僕は身体《からだ》を起こした。灯りはひとつだけで、だんだんと別荘に近づいてきた。そのうちにチャイムが鳴った。

「優くん、起きているかい?」

階下でおじさんの声がしたけど、僕は怖くて布団の中で眼をつぶっていた。そのうちに、玄関が開くギイ、という音がして、階段を上る足音が聞こえた。

寝室のドアが開いた。僕は眠っているふりをしたけれど、まぶた越しに光を感じた。おじさんは部屋の灯りをつけずに、懐中電灯で僕の顔を照らしている。

「優くん、起きているんだろう？　ちょっと頼みがあるんだ」

僕はこわごわ眼を開けた。おじさんは暗い部屋の中を懐中電灯で照らしてすばやく観察すると、こう君と節子《せつこ》は寝ているな、と呟《つぶや》いた。

「お母さんはどうしたの？」

僕が聞くとおじさんは澄まし顔で、「お父さんと一緒にいるよ」と応えた。

僕が黙っていると、おじさんは僕の顔をじっと見つめながら云った。

「優くん、お父さんが動かなくなってしまって、おじさんとお母さんではどうにもならないんだ。だから優くんも一緒に来て、手伝ってくれないかな？」

僕はその時、突然に、もうお父さんとお母さんはこの世にいないのだと感じ、泣き出しそうになった。おじさんは嘘《うそ》を云っている。大人ふたりで運べないのに、僕みたいな子供がひとり増えてもかわらないだろう。

「大丈夫、泣かなくていい」おじさんはそんな僕を見て、いらいらしていた。「優くんは来るだけで良いんだ」

「お父さん、お母さん、それから僕。――だんだん小さくなっていくね」僕は泣きじゃくった。「順番なの？　次はこう君なの？　こう君も呼ぶの？」

僕が聞くと、おじさんは無表情に「分かった。こう君は呼ばないよ」と云った。僕は、おじさんがこう君は呼ばないと聞いて、少しだけ安心した。

僕はおじさんと懐中電灯について行った。別荘の周囲にはところどころ白色電灯があるのだけど、炊事場を越えて海側には無くて真っ暗だった。

おじさんの電灯は足元ばかり照らすので周囲はよく見えなかった。月明かりを頼りに確認すると、しだいに岸壁に近づいているようだった。ざーん、ざーん、と波が砕ける音と、海からの風が松林を揺らす音を聞いていると、胸騒ぎがしてくる。自然が僕たちの侵入を拒んでいるように思えた。昼間見た優しい海や林とは全然違う。生きることは戦いなのだと突然に悟った。

「お父さんはどこにいるの？　あの崖の下？」

僕はおじさんの背に聞いた。おじさんは応えず、ただただ岸壁へと歩いた。あそこまで行ったら突き落とされるのだろうか。おじさんが何も応えないので、また不安になってくる。

――おじさんはさっきの約束を守るだろうか。あの小さくて可愛《かわい》いこう君なら、眠ったままだっこして、崖から放り投げてしまえばいい。

僕がこう君を守らなければ——そんな勇気が湧いてきたのと、おじさんが振り返って手を伸ばしてきたのが同時だった。

僕はおじさんの手を振り払うと、思い切り体当たりした。懐中電灯が落ち、おじさんは、え、と云ってバランスを崩し、空をつかみながら崖下に落ちていった。

震えが止まらなかったが、しばらくしてから這《は》い寄って、おそるおそる崖下をのぞいてみた。青い月に照らされて、暗い海面がぎらぎらとはるか遠くに輝いていた。何十メートルあるか分からなかったけど、おじさんの動く気配はなかった。

こう君のところに戻ろう。僕は震えながら立ち上がった。こう君をだっこしたまま朝まで待って、大人に助けてもらうのだ。話せば分かってもらえる。

懐中電灯を拾い、帰り道へ向けると、そこにせっちゃんが立っていた。眼を見開き、おかっぱ髪はふり乱れ、ガタガタと震えていた。

「優ちゃんが、お父さんを落とした」

見ていたのだ。僕は違うと云った。悪いのは、おじさんなんだ。

そのとき、突然、僕の携帯電話が鳴りはじめた。

『遅いわね、大丈夫？』

母さんだった。僕はびっくりした。天国からかかってきたのかと思った。
聞けば、おじさんとふたりでお父さんを担ごうとしたのだけど、崖も近いし、道が
暗くて誰かが懐中電灯で足元を照らさないと危ないということになったらしい。
電話を聞きながら、僕はぼうっとしてきた。急に声が途絶えたからか、もしもし、
もしもし、と母さんが電話で言っている。
間違って人を殺してしまった。僕はおしまいだ。急に怖くなってきた。僕だけでは
ない。こんな大事件を起こしたら、僕の家ももうおしまいだ。
「優ちゃんが落とした。優ちゃんが」せっちゃんがしくしくと泣き出した。
──僕の家族は、僕が守らなければ。解決する方法はあった。
僕はもう一度勇気を振り絞ると、母さんに話しかけた。
「おじさんとせっちゃんが崖から──」
そこまで云って電話を切る。すぐにかかってきたけど出なかった。
僕は、覚悟を決めてせっちゃんに近づいた。

雪夜の出来事　森川楓子

初出『5分で読める！　ひと駅ストーリー　冬の記憶　東口編』（宝島社文庫）

「ただいま！　雪、降ってきたよ。寒い寒い！　はい、冷たさ、おすそ分け！」

部屋に駆けこんでくるなり、沙織《さおり》は騒々しく言って、冷え切った手を後ろから俺の首筋に押し当てた。

パソコンに向かっていた俺は反射的に首をすくめ、彼女の手を乱暴に払いのけた。

俺がこういう悪ふざけを嫌っていることは百も承知しているはずなのに、沙織は時々、子供じみた真似《まね》をする。反省したそぶりもなく、ヘラヘラ笑いながらキッチンに向かった。

「鍋を作るから待っててね。沙織特製、スタミナちゃんこ鍋！　あったまるよー」

リズミカルに野菜を切る音と、調子のはずれた鼻歌が聞こえてきた。俺は書きかけの原稿を睨《にら》みながら、この女ともそろそろ潮時かとぼんやり考えていた。

料理上手な以外は、取り柄のない女だ。口が軽く、頭も軽く、尻も軽い。成り行きで一緒に住み始めたものの、お互い、特に愛情があるわけでもない。最近、女房気取りの図々《ずうずう》しい発言が増えてきた女に、俺は嫌気が差し始めていた。

やがて鍋がグツグツと音を立て始める頃には、雪はすっかり本降りになっていた。

「日本酒でいい？　燗《かん》つけるね」

「うん」

きりのいいところで仕事を切り上げ、俺はダイニングルームに移動した。

「今日も一日、お疲れさまでした、かんぱーい！」

「うん」

いささか熱すぎる燗酒と、ウーロン茶のグラスをカチンと合わせる。沙織は鍋の中身を取り分けながら、自慢げに言った。

「こんな夜は、鍋が一番だよね。このレシピは、うちのお祖母《ばあ》ちゃんからの直伝なんだ。身体《からだ》の芯からあったまるよ。はい、召し上がれ」

空調の効いた暖かな室内で、「こんな夜」も「身体の芯から」もないものだ。そう思ったが、いちいち突っこむのも面倒くさい。俺は黙って、レンゲを口もとに運んだ。

鍋は確かに旨《うま》かった。熱すぎた酒も、ちびちび呑《の》んでいるうちに良い加減になってきた。二杯目のコップ酒を呑み始めた頃、沙織がぼそりと言った。

「この鍋、良樹《よしき》くんも大好きだったんだよね。最高だって、誉《ほ》めてくれた」

「……」

「……食べさせてあげたかったな。最後にもう一度……」

「よせ。そんな話は」

俺が遮っても、沙織の無神経な舌は止まらなかった。

「寒かっただろうな。それとも、凍死するときって、寒さは感じないのかなあ」

「……」

「酔ってたしね。意外と、気持ち良いまま、ふわーっと死んじゃったのかも……」

俺は音を立ててコップを置いた。睨みつけると、さすがに俺の不機嫌に気づいたらしい。沙織は気まずそうに言い訳をした。

「私が……私がさあ……ちゃんと付いててあげれば……あんなことにならなかったと思うと……良樹くんがかわいそうで……」

「酔って寝るやつが悪いんだ。誰のせいでもない」

そう言ったのは、別に沙織の薄っぺらい罪悪感をやわらげてやるためではない。この話題にムカムカしていたに過ぎないのだが、沙織はホッとしたようにうなずいた。

「うん。そう言ってもらえると、気が楽になる。誰のせいでもないよね。運命だったんだよね」

アホか。良樹が死んで、まだ十日ほどにしかならない。よくも「運命だった」なんてセリフを口にできるものだ。

この女は、もともと良樹の恋人だった。呑み屋で知り合って、すぐに同棲《どうせい》を始めたそうだ。というより、沙織が良樹のマンションに強引に転がりこんだのだ。

俺が彼女を紹介されたのは、二人が同棲し始めてから二週間後。その三日後に、俺は彼女と寝た。俺から誘ったわけではない。沙織はそういう女なのだ。

良樹は、俺とは小学生の頃からの友人だった。おとなしく、人の良い男だったが、酒を呑むとどこでも眠りこんでしまう悪癖があった。十日前、やはり大雪が降った夜、彼は酔っぱらって部屋の窓を開け放したまま眠ってしまった。しかもベランダに近い床の上、下着だけを身につけた姿で。発見された時、その身体の上には雪が十数センチも降り積もっていたそうだ。

室内で凍死するなんて、馬鹿《ばか》な死に方もあったものだ。酔うとどこでも寝てしまう彼に、「いずれ車に轢《ひ》かれるか、強盗に遭うことになるぞ」と警告したことがあったが、まさか自分のマンションの室内で凍死するとは。

「……ねえ、敏也《としや》」

「何」

「良樹くんから聞いたんだけど。あなたたち、雪女に会ったことがあるんだって?」

俺はギョッとして顔を上げた。

俺の表情は、よほど異常だったのだろう。沙織はたじろいだようだった。

「どうせ作り話だと思って、笑って聞き流しちゃったんだけど……良樹くんがあんな死に方したから……思い出しちゃって……」

「良樹は何を話したんだ」

「え……? 何って……子供の頃に、雪女を見たって」

「見た？　どこで？　あいつ、何を話したんだ？　言えよ！」

沙織は、俺の剣幕に怯《おび》えたように、しどろもどろに言った。

「てきとーに聞いてたから、よく覚えてないよ。確か……敏也と一緒にスキーに行って吹雪《ふぶき》に遭ったたって。山小屋に避難しているところへ、雪女が現れたって……」

――二人の子供が山小屋で暖をとっていると、扉が叩《たた》かれた。開けてみると、そこには肌も髪も真っ白な、美しい女が立っていた。

女の手は氷のよう、吐く息は吹雪のようだった。震え上がった子供たちに、女は微《ほほ》笑《え》んで言った。

――おまえたちはまだ幼いから殺さないでおこう。ただし、私に会ったことを誰にも言ってはいけないよ。言えば、必ず命を奪いに行く。

二人はその言いつけを固く守り、大人になった。

「……だけど、良樹くんは私にうっかり喋《しゃべ》っちゃったんだよ。私が軽い気持ちで、『何か怖い話をしてよ』なんてせがんだから。やばいよ、取り返しのつかないことしちゃった。約束を破ったから、雪女が……」

「くだらない」

俺は怒鳴った。急に酔いが回った気がした。

「良樹は自分で窓を開け放して凍死したんだ。何が雪女だ。くだらない」

「でも……さあ。いくら良樹くんだって、あんな夜に窓を開けるなんて変……」

「変だよ。酔っぱらいのすることだからな。寒さもわからないくらい酔ってたんだ」

「じゃ、二人が雪女に会ったっていう話は嘘《うそ》なの？」

「当たり前だろ。確かに、良樹と二人、山小屋で一晩明かしたことはあった。スキーに行って、吹雪に遭ってな。小学生の時のことだ」

「その時……」

「眠りこまないように、いろいろ話をしたんだ。雪女の話もしたかもな。眠気覚ましに話した、つまらない怪談だよ」

「……嘘つきだね、あんたたちは二人とも」

ふいに、沙織が嘲《あざけ》るように言ったので、俺は驚いた。彼女のこんな声を聞くのは初めてだった。

「良樹くんは、雪女が小屋に入ってきたと言った。あんたは、それはただの作り話だと言う。どっちも嘘だよ。山小屋を訪れたのは、雪女なんかじゃなかった」

「……沙織？」

「必死に扉を叩いたのは、あんたたちと同じように、吹雪から避難しようとした女性だったの。でも、あんたたちは扉にしっかり鍵をかけて閉じこもってた。きっと雪女だ、絶対開けちゃダメだって言い合いながら、ガタガタ震えてるだけだった。そうでしょ？」

俺は酒を啜《すす》ろうとしたが、手が震えて、コップをつかむことができなかった。

何を言ってるんだ、この女は。まるで、あの夜の出来事を見ていたかのように。

「ねえ敏也、あんたは昔から想像力が豊かだったらしい。扉の向こうに、恐ろしい雪女の幻を見たんだろうね。だけど、そこにいたのは生身《なまみ》の人間。小屋に入れてもらえなかった女は、吹雪の中で凍え死んだんだ」

「おまえ……」

俺は立ち上がろうとしたが、足に力が入らなかった。

……あのときの女なのか？　俺たちが見殺しにした遭難者の霊なのか？

「朝になって、小屋から出たあんたたちは驚いた。そして、自分たちが何をしたのか、ようやく気づいた。怖くなった二人は女の死体を引きずって、崖《がけ》の下に投げ捨てた。もちろん、救助されてからも真実を口にすることはなかった」

「さ……おり……？」

「女の死体は数日後に発見され、事故死ってことにされた。夜中の猛吹雪で完全に視界を失い、誤って崖下に滑落したんだろうって。山小屋のすぐそばを通ったはずなのに、気づかなくて不運だったの一言で片づけられた」

「……」

「彼女は、私の母よ。帰りの遅い私を心配して山に入り、吹雪に遭ったの」

沙織は立ち上がった。切り揃《そろ》えた前髪の下から、冷たい目が俺を見下ろしていた。

「私、最初からあなたたち二人を疑ってた。運良く救助された二人の小学生をね。お母さんは、あの山を庭みたいに知り尽くしてた。山小屋を見落として崖から落ちるなんて、考えられない」

それで良樹に近づいたのか？　すぐに俺に乗り換えたのも、そのため？　あの日から十年以上もの間、復讐《ふくしゅう》の機会をうかがっていたっていうのか？

質問を口にしようとしたが、舌が痺《しび》れていた。薬を盛られたと気づくと同時に、俺はバランスを崩し、椅子《いす》ごと床に倒れた。

ようやく悟った。良樹がどうやって殺されたか。

「今夜はこの冬一番の冷え込みになる。でも、雪は明け方にやむってさ。それまで持ちこたえれば、助かるかもね。あんたの運次第」

沙織は立ち上がり、俺のセーターやズボンを乱暴に剝《は》ぎ取った。そして暖房を切り、ベランダの窓を大きく開いた。強風とともに、大粒の雪が吹きこんできた。

「自分で確かめてごらんよ。凍死って死に方が、苦しいのかどうか」

沙織の足が、ゆっくり俺の視界をよぎり、部屋を出て行った。

瞼《まぶた》が次第に重くなる。強烈な睡魔に勝てず、俺は目を閉じた。

誰にも言えない拠りどころの物語

深沢仁

初出『３分で読める！　誰にも言えない○○の物語』（宝島社文庫）

女は頭が悪くて金のないほうがいい。そのほうが言うことを聞かせやすい。容姿はそこまで問題じゃない、救いようのない不細工でさえなければ。年齢のほうが重要だ。家に帰れば妻を相手にしなければならないのだから、外でくらいは若くて無知な娘と適当に遊びたい。

ある日うちの会社に入ってきた真知子《まちこ》は、すべての条件を満たしていた。染めていない髪に色白の肌、ややぽっちゃりしていて、喋《しゃべ》り方もゆっくりしていた。頭の回転も遅いようで、先輩に仕事を教わるときなんか、相手が早口すぎて指示を見失うと露骨におろおろし、小声で「すみません」を連呼した。なにより素晴らしいのは彼女が派遣社員という点で、たとえ関係がややこしくなったとしても、三ヶ月ごとにおさらばする機会が社会から与えられるということだった。

私はまず親切な上司として近づき、次に食事に連れ出し、酒の力を借りて彼女と寝ることに成功した。出会って二週間ほどしか経《た》っていなかった。個人的な新記録だ。私は結婚指輪を嵌《は》めていなかったが、おそらく彼女は、薄々その可能性があることはわかっていただろうと思う。確信を持ちたくなかったから訊《き》かなかったのだ。もちろん、私もあえて言及はしない。彼女だって私に惚《ほ》れていたわけではない。どう拒んでいいものかわからず、毎度ずるずると付き合ってしまうという感じだった。私はここまで押しに弱く、流されやすい人間がいるものかと内心で驚いていたくらいだ。

ただ、私に子どもがいると判明したときの反応は早かった。

会社の人間から聞いたらしい。金曜日の夜、居酒屋の前で待ち合わせたときから様子がおかしかった。個室に通され、飲み物をオーダーする前に、彼女は静かに泣き出した。私はビールをふたつ頼んだ。とりあえず。

「娘さんがいるなんて」彼女は声を震わせた。「なにも言わなかった。結婚していることすら……」

ビールとお通しが運ばれてきた。店員は修羅場を悟ったようで、私の顔をちらりと確かめて出ていった。不愉快な。

「でも、君は知っていただろう」

私は返した。彼女は泣きながらこちらを睨《にら》んだ。

「お、お子さんがいるとは、知りませんでした。それに結婚のことだって……」

「おなじことだ。君は知っていた。都合よく気づいていないふりをしていただけだ。いまさら私を責めないでくれ。妻はこういうことに慣れている」

涙で濡《ぬ》れた相手の瞳から、一瞬非難の色が消えた。私の言ったことの意味がわからなかったのだ。私は説明してやらなければならなかった。

「つまり、下手《へた》に騒げば君は慰謝料を請求される立場にあるわけだ」

真知子の顔は蒼白《そうはく》になった。私はビールを一気飲みして席を立った。

「まあ、あと一ヶ月、うまくやろう」

「あと……、いっかげつ……？」

「君の契約が切れるまで」

私は一人で店を出た。空を見上げて、出会って二ヶ月でゲームオーバーというのも新記録だ、と思った。せめて来月まで保《も》ってくれたらよかったんだが。


奇妙なことが起こったのはその後だった。

月曜日、彼女は普通に出勤してきた。怯《おび》えているとか憔悴《しょうすい》しているとか、そういう様子はなかった。怒っているようでもない。なにかすっきりした顔をしている――。何事もなく仕事をこなし、ランチの時間には同僚と談笑までしていた。私の視線に気づくとさっと顔を背けることはあったが、それくらいだ。

予想外だった。

なにか反撃を用意している？　そんなはずはない。そんな知恵はない。私と関係が切れたことを喜んでいる。まあ、それはないとは言えないものの、なにか違和感を覚えた。そんな単純なものではないんじゃないか。なにかもっと――。なんだ。これまでにはなかったものがある。ような。

一週間ほど観察して、ひとつ発見した。彼女が頻繁に、右手を首元に持っていき、なにかを握るような仕草をするということ。思い返しても、彼女がネックレスをしていた記憶はない。アクセサリーの類《たぐい》を見たことがない。次の週には、ネックレスには透明な、丸っこいチャームがついていると判明した。宝石ではなくてもっとチープな、プラスチックかなにかのように見えた。彼女は話すときや書類をコピーするときなんか、しょっちゅうそれを握りしめる。ずっと前からそれが癖だったかのように。

あれはなんだ。私は気になり始めた。自分で買ったのか？　私と別れた後の週末に？　プレゼントだろうか。だれから？　あれに男はいない。そう思っていた。

「あの派遣の子、切っちゃうんですね」

部下の一人に言われた。ああ、と私は答える。

「最近調子よさそうなのに。ミスもしないし、前より積極的になったっていうか」

「最近？」

「この二週間くらい、明るくなったと思いません？　彼氏ができたらしいですよ」

「──本人がそう言ったのか？」

「いえ」彼は首を横に振った。「事務の子が、深夜に男と歩いてるのを見たとかで」

私は呆《あき》れたように笑ってみせ、仕事に戻れ、と彼を追い払った。ちらりと真知子を見る。彼女はまた、首元に手をやっていた。

翌週、私はとうとう彼女を呼び出した。

どうせもういなくなるのだから放っておけばいい。そう思ったのに、どうしても気がかりだった。彼女はミスが減ったどころか、会議で発言し、他人のミスのフォローまでし始めたのだ。なにかがおかしい。私は知りたかった。どうしても。

しかし、電話で夕食に誘うと断られた。もうそういうのはやめてください、と。何事かと思った。人生で一度もなにかを断ったことなんてない、そんな女だったのに。私は思わず言い返した。

「写真があるんだよ」

「――え？」

「君の写真を持ってる。君が酔い潰れたときに撮ったんだ」

電話越しに、彼女がちいさく息を呑《の》んだのがわかった。私の頭の中で、彼女はまた首元に手を伸ばす――。それはなんだ。なんなんだ。私は叫びたくなる。

「……今夜、人と会わなくちゃいけないんです。その前でもいいですか」

ちいさな声で彼女が問う。かまわない、と私は答えた。いまさらホテルに行くつもりはなかった。いや、行くなら行くのでもいいが、それよりも知りたかった。

彼女が指定したのは、あまり敷居の高くない感じのバーだった。私とは来たことのない店だ。男の影響だろうかと考えながら店に入る。カウンターでオーダーしようとしたら、いつの間にか真知子がすぐ傍《そば》に立っていた。

「部長」彼女は囁《ささや》く。「生ビールですよね。私が運びますから、座って待っていてください。奥の、コーヒーがあるところです」

「君は飲まないのか」

相手は首を横に振った。顔色が悪く、右手はいつもの位置にある。熱心なキリスト教徒が縋《すが》るように握る十字架を、私はなぜか連想した。

ひとりで奥まで歩いていく。ボックス席に白いコーヒーカップを見つけて向かいに座った。落ち着かなかった。彼女の様子はおかしかったか？　いつと比べて？　いつと比べればいいんだ？　この焦燥感はいったいなんなんだ？

彼女が戻ってくる。グラスを私の前に置く手は震えていた。私は一気に飲み干した。居酒屋のものとはちがう、濃い味がする。息を吐いてから私は言った。

「嘘《うそ》だよ。写真の話は嘘だ。ただ話したかっただけなんだ。君の様子が最近――」

言い終えるより前に、彼女は泣き出した。「ごめんなさい」と続ける。ごめんなさいごめんなさいごめんなさいごめんなさい……。

その右手が首元に――。

伸びない。右手はテーブルの上、祈るような形で左手と組まれている。

「ネックレスはどうしたんだ」

啞然《あぜん》として私は訊いた。悪い夢の中にいるようだった。違和感が少しずつ大きくなり、最後にすべてが崩壊して、叫びながら飛び起きるような具合の。

「もうないんです」真知子が顔をあげる。

「さっきまでしてただろう。どうしたんだ」

「あれはもらったんです」

「だれに？」

彼女はなぜか店内を振り返った。つられて彼女の視線を追ったが、だれもいない。店は混んでいて、こちらを見ている者はない。

「言えないんです。あの日……、あの日私、死のうと思ったんです。線路の前でぼんやりして、でも飛び込めなくて、それで……」

「私と会った日か？」

確かめるまでもない。そこまで追い詰める気はなかった。口を閉じていてさえくればよかったのだ。大人しくしてくれれば。いやそれよりも、それとネックレスとなんの関係がある？

「夜中までずっと、ただ踏切を見つめて立っていました。そしたら男の人が近づいてきて、なにしてるのって……。私が話したら、いいものをあげるって」

「そんな怪しい男からもらったと？　形見みたいに触っていたじゃないか！」

なぜ怒っているのか、自分でわからなかった。彼女が嗚咽《おえつ》とともになにか言う。聞こえない。テーブルに身を乗り出すと、「薬だったんです」と彼女は囁いた。薬？

「電車は痛いからやめようって。これを呑めば死ねるからって。首にかけて、ほら、これがあればもうなんでも平気だろう、だれにも内緒の、君のお守りだって……」

「君は騙《だま》されたんだ。君は——馬鹿だから——なんでもすぐに信じて——」

そう説きながらも、私は慄《おのの》いていた。この女は、本気であれを毒薬だと思っていたのか？　ほとんど恍惚《こうこつ》と言えるような表情で握りしめていた。首から死をぶらさげているから、いつもより明るく振る舞えたと？　頭がおかしい。それとも、生死を左右できることが力になったのか。自分が決めれば、この命なんていつだって……。

私ははっとして彼女を見た。

「どこにやったんだ」

真知子は首を横に振りながら立ち上がった。「きっと騙されたんです、私」彼女は行こうとする。待ってくれ、と私は言った。彼女の冷たい手が私を振り払う。

「お守りだったの……。私の大事な。使ってしまったって、あの人に知らせなきゃ」

声はエコーがかって頭の中に響き、やがてバーのドアの閉まる音が、遠く聞こえた。

永遠のかくれんぼ　中村啓

初出『「このミステリーがすごい！」大賞10周年記念　10分間ミステリー』（宝島社文庫）

リビングの窓から入る午後の日差しは弱まりつつあった。妻の頼子《よりこ》はテレビを見ながら船を漕《こ》ぎ、次女の亜由美《あゆみ》と三女の真奈美《まなみ》は、決まり悪そうにときおり顔を見合わせたりなどしていた。

おれは立ち尽くしたまま、ため息交じりにつぶやいた。

「いったいどこにいるんだ」

いまからおよそ一時間前、おれは親子の絆《きずな》をいま一度深めようと思い立ち、長女の千奈美《ちなみ》と亜由美と真奈美の四人で、かくれんぼをしようということになった。妻の頼子は買い物にでも出かけたのか、そのころはまだ帰ってきていなかった。

子どもたちがいまよりもっと小さかったあのころ、おれたち家族はよくこの家でかくれんぼをしたものだった。そのときの気持ちを思い出してくれれば……、そう思ったのだ。

鬼はおれで、千奈美と亜由美と真奈美の三人は、おれがリビングの隣にある日本間で、目をつぶっている六十秒の間に、どこかに隠れた。

声を出して六十秒を数え終わると、おれは三人を探しはじめた。開始早々念入りに探して見つけてしまったら面白くないので、最初は一階と二階をざっと見て回った。三人の姿はどこにもなかった。

「おかしいな。どこにいるんだ」

リビングに戻ってきたおれは大声で困ったようにそう叫んだ。その声を聞いて、三人はくすくすと笑っているのだろう。

テレビの前のソファでは、帰宅したばかりの妻の頼子が疲れているのか、うつらうつらとしていた。寒いのか胸元までブランケットを掛けていた。長い髪はぼさぼさだった。

結婚して十三年目。ここ数ヵ月、いや、一年ほど、おれたちはあまり言葉を交わしていない。きっかけは妻の浮気が発覚したからだ。それからというもの、おれと頼子の間には隙間風が吹くようになった。子どもたちに頼子の浮気のことなど話したことはもちろんなかったが、薄々おれたちの不仲に感づいたのだろう、それも頼子のほうが何か悪いことをしたとわかったのだろう、子どもたちまでが頼子を遠ざけるようになった。特に長女の千奈美は頼子に大きな失望を抱いたようだった。十二歳というちょうど性に過敏になる年ごろだからだろうか、頼子がおれ以外の男とセックスをしたということを直感的に見抜いているようだった。以来、千奈美は母のことを極端に嫌悪するようになった。

おれはかくれんぼに意識を戻した。さて、三人はどこに隠れているのか?

一見すると上手《うま》く隠れているように見える三人だがどこに隠れているのかは、だいたい察しがついていた。ときたま子どもは大人が思いもしない発想をしてみせることがあるが、おれも小さいころ家の中でかくれんぼぐらいした経験はある。子どもが隠れる場所などほとんど決まっているものだ。

最初に見つけたのは三女の真奈美だった。まだ七歳で背の小さい真奈美は洗濯機の中に隠れていた。

「えー、もう見つかっちゃったぁ」

不服そうな真奈美を、おれは掬《すく》い上げて、床の上に立たせた。

「お姉ちゃんたちは？」

「これからだよ」

「何だ、真奈美が最初かぁ」

真奈美は残念がった。

続いて次女の亜由美もすぐに見つかった。二階のおれと頼子の寝室の押し入れの中に、毛布を頭からかぶって隠れていたのだ。九歳の亜由美が真奈美ほど小さかったら、おれはそのふくらみに気づかなかったかもしれない。

「あとは、千奈美だけだな」

そうつぶやいたのが、いまから四十分ほど前だった。

家中のいたるところ、台所の流しの下から、浴槽、トイレ、すべての押し入れの中、ベッドの下、ありとあらゆるところを探して回った。果ては、隠れられるはずもない玄関の靴入れの中まで開けてみた。さらに、おれは家から出て、猫の額ほどの庭を見渡し、花壇の陰に寝そべって隠れていないか覗《のぞ》いてみたり、外壁とブロック塀の間に隠れていないかと、家のまわりをぐるりと歩いてみたりした。だが、千奈美はどこにも見つからなかった。たったひとつだけ、花壇の脇の芝が掘り返された形跡があったのが気になったが、まさか土の中に埋まっているわけもない。空気穴もなかった。頼子が新しい花でも植えるつもりなのだろう。

「おかしいなぁ」

おれは庭からリビングに入ると、家中に聞こえるように大声を張り上げた。

「千奈美、降参だ。お父さんの負けだ。だから、もう出てきなさい」

しばらく待ってみたが、応答はなかった。

「千奈美、かくれんぼは終わりだ」おれはもう一度言った。

家はしんと静まり返っていた。

亜由美と真奈美に、千奈美はどこに隠れているか知っているかと尋ねても、二人は知らないと首を横に振るだけだった。だが、おれは伊達《だて》にこの二人の親をやってきたわけではない。かすかな動揺を見せる二人の様子から、どうやら千奈美がどこにいるのか知っているらしいことがわかった。

おれは仕方なくもう一度家を隈《くま》なく探し回ってから、この家の中に、千奈美はいない、という結論に達した。

「千奈美はどこかへ出かけたんだろう」

おれは疲れて日本間の畳の上にどっかと腰を下ろした。リビングのソファでは頼子が完全に眠りこけていた。おれは亜由美と真奈美の二人のほうを向いた。

「お父さんの負けだ。千奈美はどこにいるんだ？」

二人ともうつむいたまま答えようとしなかった。

「どこにいるか知ってるんだろう？　もう遊びは終わりだ。友達の家にでも行ったのか？」

「千奈美お姉ちゃんはどこにも行ってなんかないもん」

「そう。千奈美お姉ちゃんはどこにも行ってなんかない」

亜由美と真奈美は声をそろえた。

「嘘《うそ》をついても無駄だ。どこにも千奈美はいないじゃないか」

おれは二人に柔らかい声をかけた。

「な、もう降参だから、千奈美がどこに行ったのか教えてくれ」

真奈美が姉の亜由美の意見をうかがうような眼を送った。亜由美は視線をそらすと、小さくため息をつき、おれの顔を見上げた。その表情にはある種の決意のようなものが浮かんでいた。

「どうしたんだ、亜由美?」

亜由美は頼子のほうを向いた。まるで、千奈美の行方《ゆくえ》を頼子が知っていて、その答えをおれに言ってもいいか、と尋ねるかのように。

おれは怪訝《けげん》に思って頼子のほうを振り返った。

「頼子、おまえ、千奈美がどこに行ったのか知ってるのか?」

頼子はうつむいて眠りこけたままだった。

おれは声を荒らげた。「おい、頼子。聞いてるのか?」

そのとき、おれは頼子の様子がおかしいことに気づいた。

頼子は身体《からだ》を小刻みに上下させていた。まるで笑いを噛《か》み殺しているかのように。

頼子がおれのほうを向いた。その顔に、おれは息を呑《の》み、一歩後ずさった。見たことのない顔がそこにはあった。

「おまえは誰だ?」

その頼子のように化粧をした女は、頭の鬘《かつら》を取ってみせた。

「ち、千奈美か?」

頼子だと思っていた女は変装した千奈美だった。

千奈美の顔には下手《へた》な化粧が施されていて、まるでピエロのようだった。

おれは驚いたが、千奈美が見つかったことにほっとしてもいた。

「まさか、お母さんに変装しているとは思わなかったな」

千奈美はおれと頼子があまり話を交わさないという盲点を突いたともいえるだろう。さすが十二歳になっただけのことはある。千奈美は心も身体ももう大人に近づいているということか。

そこで、おれはふと気になった。

「それじゃ、お母さんはどこにいるんだ？」

千奈美はくすりと笑うと、二人の妹に秘密めいた視線を交互に送った。亜由美と真奈美もにこにことして応じた。

「おい、どうした？　お母さんはどこにいるんだ？」

千奈美はおれを上目遣いに見つめた。

「もう、いないよ」

「何？」おれは戸惑った。「いないって……、どこに行ったんだ」

おれは三人の娘たちの雰囲気がどこかおかしいことに気づいた。ふと、娘たちの手のひらに目をやると、土で汚れているのに気づいた。

おれの首はぜんまい仕掛けの人形のように、ゆっくりと庭のほうへ向いた。視線の先にあるものを見て、頭の中でゆっくりとひとつの恐怖が形を成していくのを感じていた。身体中の血が冷たく凍りついていく。

「まさか……」おれの口の中はからからに渇いていた。

千奈美の顔に視線を戻すと、千奈美は瞳孔の開き切った双眸《そうぼう》でおれを見上げていた。

明らかにおれの反応を楽しんでいるようだった。そして、待っているように見えた。

自分が果たした悪戯への称賛の言葉を。

星天井の下で

辻堂ゆめ

初出『５分で読める！　ひと駅ストーリー　旅の話』（宝島社文庫）

ああ、星がとても綺麗《きれい》だ。

僕は寝転んで明美《あけみ》のことを考えていた。手が届きそうな星を見上げていると、どうしてもあの日のことを思い出してしまう。

あの日の星空も美しかった。それこそ、僕の網膜にいつまでも焼きついて離れないくらいに。

もう随分と前のことになったね。……僕らが一緒にいたのは。


久しぶりのドライブだった。一泊二日で浜辺のそばのペンションにでも遊びに行こう、なんて僕から言い出して、一時間半くらいかけて伊豆《いず》まで車を走らせた。確か僕の店の定休日だったから、月曜のことだ。

人前で肌を露出するのは嫌だ、なんて弱気なことを言っていた明美も、人がまばらな砂浜を見て安心したようだった。お洒落《しゃれ》なホテルが集中している場所からはちょっと離れたところにあるペンションをわざわざ選んだのは、そんな明美のためだ。建物は古かったし、部屋も少しばかり黴《かび》臭かったけど、目の前にプライベートビーチと言ってもいいくらい静かで人のいない浜辺があるだけで十分だった。

それでも明美は、昼間の太陽に肌を晒《さら》すのを嫌がった。だから僕がようやく明美を海に連れ出せたのは、夕食を済ませた後、夜の九時近くになってからのことだった。

もう人は誰もいなかった。涼しい海風が吹いていて、波も穏やかだった。息を呑《の》むような星空に、下弦の月がぽっかりと浮かんでいた。

夜の砂浜にそっと腰を下ろして、僕らは二人きりで語り合った。これまでのことを。これからのことを。

明美と出会って一年という時間が経っていたけど、楽しかったことも喧嘩《けんか》したことも、全て僕にとっては大切な思い出だった。未来には希望しか見えなかった。この瞬間が永遠に続けばいいのに、と僕は明美に囁《ささや》いた。でもその言葉は、波の音に掻《か》き消されて、明美には届かなかったようだった。

そんな僕らの過去を確認しあうたび、気持ちが昂《たかぶ》り、心の奥底が熱を帯びた。夜の海岸という非日常的な空間が、いつも以上に僕を刺激してしまったのだろう。まず、僕は目を細めて明美の白いうなじをなぞった。それから彼女の肩に手をかけ、砂の上に押し倒した。

上を向いた明美の顔が半月に照らし出された。僕はその驚いた表情をも愛《いと》おしく思いながら、彼女の身体《からだ》に覆いかぶさった。明美は嫌だと言って身体を後ろにずらしたけど、興奮していた僕はそんなことには構わず、ひたすら熱い衝動をぶつけた。最初は手加減しながら。だんだんと強くしていって、最後はありったけの力で。何度も、何度も。

明美は胸を押さえて、瞳を潤ませていた。呼吸も荒くなっていた。月明かりの下で見るその姿は、本当に艶《あで》やかだった。

最後は、紅《あか》く染まった頬にそっとキスをした。力が抜けて動けなくなっている明美を見て、思わず笑ってしまった。ごめんね、と僕は明美の耳元で呟《つぶや》いて、彼女の細い身体を抱き上げた。

明美の頬にはガーゼが貼ってあった。そっと剥《は》がすと、その下から彼女が痣《あざ》と呼んでいた赤い線が現れた。僕は背中を丸め、その線に唇を這《は》わせた。明美は整形するんだとか人前に出られないとか言って気にしていたけど、そんな必要はない。僕にとっては、その痣の形でさえ、芸術なのだから。

僕は明美を抱き上げたまま、海へと入っていった。打ち寄せる波が、ひんやりと足を包み込んだ。しばらくそのまま佇《たたず》んで、無数の星が煌《きらめ》く夜空を眺めていた。

この世界には僕らしかいないんじゃないか。

そう錯覚させられるくらい、壮大な星空だった。涼しい空気の中で、明美の微《かす》かなぬくもりが心地よかった。

旅先の風景とは、いつまでも心に残るものだ。あの日のことは、明美と僕との一番の思い出として記憶の中に刻み込まれている。

今でも思う。どうして明美とあのまま一緒にいようとしなかったんだろう、と。あんなに愛していたし、明美も僕を愛してくれていたのに。

僕が別れを告げたとき、いったい明美はどんな気持ちでいたのだろう。そのことを思うと、胸が痛む。

明美は、僕のマンションに入り浸《びた》っていた。

僕の猛アタックに明美が根負けする形で付き合い始めたから、最初の頃は何をしていてもぎこちなくて、けっこう心配していた記憶がある。でも、だんだんと明美が僕との恋愛にのめりこむようになっていって、最後のほうはもはや彼女のほうが積極的なくらいだった。だって、ほとんどの時間を僕のマンションで過ごしてくれていたのだから。

料理も作ってくれるし、掃除もしてくれる。だから僕はせめてものお返しとして、たびたび明美に絵をプレゼントしていた。

何の取柄もない僕だけど、絵のセンスだけは自信があったし、明美もよく褒《ほ》めてくれていた。何度か実行したサプライズは、明美が寝ている間に彼女の顔や腕に絵を描いてしまうという遊びだ。例えば、頬には林檎《りんご》、腕には向日葵《ひまわり》。翌朝、起きて洗面所に行った明美は、鏡を見て目を丸くした。「何これ」と素《す》っ頓狂《とんきょう》な声を上げる明美に向かって、「僕だけの印」なんて言葉をかけるのは楽しかった。そんな冗談を言うと、明美は決まって怒った。たまには恥ずかしがったり照れたりしてくれてもいいのに、と僕は毎回苦笑していた。

サプライズと言えば、明美が僕に誕生日ケーキを焼いてくれたこともあった。僕が仕事に出かけている間に、僕の部屋の台所を使って一日がかりで作ってくれたのだ。帰宅後、明美がにっこり笑いながら冷蔵庫からイチゴのショートケーキを取り出したとき、僕は仕事の疲れも忘れて思わず彼女を抱きしめた。「喜んでもらえて良かった」と嬉《うれ》しそうに微笑《ほほえ》む彼女を前に、手作りのケーキをぱくついた。

作ってくれた明美には本当に申し訳ないのだけど、彼女はそんなにお菓子作りが上手《うま》くない。でも好意は無下《むげ》にできなくて、僕は小さなホールケーキを丸ごと食べた。そのあと気分が悪くなってトイレで半分くらい戻してしまったのは内緒だ。そんなことを知ったら、明美はショックを受けるだろうから。

それ以来、僕は彼女に甘えて何度もお菓子を焼いてもらった。殺風景な僕の部屋がオーブンから漂う香ばしい匂いで満たされているとき、僕はこの上なく幸せだった。相変わらず食べ過ぎて体調を崩すことはあったけど、明美には何も言わなかった。

僕の部屋は、明美との思い出でいっぱいだ。

ずっと、あのままだったら良かったのに。

＊

静岡県下田市の海岸に若い女性の変死体が打ち上げられていた事件で、静岡県警は三日、交際相手の男を逮捕した。

殺人と死体遺棄の疑いで逮捕されたのは、東京都新宿区に住む刺青師《いれずみし》・牛島琢磨《うしじまたくま》（32）容疑者。一緒に旅行に来ていた笹川《ささがわ》明美さん（25）を三日未明に海岸で刺殺し、海の中に遺棄した疑い。

事件後の三日午前六時頃、笹川さんの遺体が海岸に打ち上げられているのを地元住民が発見、通報した。県警はペンションの従業員の証言を元に、二日午後九時頃に笹川さんと連れ立って外出してから行方《ゆくえ》が分からなくなっていた牛島容疑者を逮捕した。逮捕時、牛島容疑者は、現場から約五キロ離れた海岸を凶器の包丁を持ったまま歩いていた。

笹川さんの遺体には、胸部から腹部、大腿部《だいたいぶ》にかけて二十箇所以上もの刺し傷があった。首の後部にも浅い切り傷が確認された。県警によると、牛島容疑者は「断り続けていた別れ話をまた蒸し返された。頭に血が上り、ありったけの力で何度も何度も刺した」と供述。殺害後に遺体を海に運び込んだことまで含め、全面的に容疑を認めている。凶器を持ち歩いていたことについて「別れるくらいなら自分の手で殺したかった」とも供述していることから、県警は恋愛関係のもつれによる半計画的な殺人として捜査を進めている。

＊

静岡県下田市の海岸で三日、若い女性の変死体が打ち上げられた事件で、警視庁は六日、新宿区在住で刺青師の牛島琢磨容疑者（32）＝殺人と死体遺棄の容疑で逮捕＝を監禁と傷害の容疑で再逮捕した。

捜査関係者によると、殺害された笹川明美さん（25）の遺体には頬や腕に刺青を施した痕があった。牛島容疑者が「薬を嗅がせ、寝ている間に針を入れた。わざと目立つところに彫った」などと供述したことから、笹川さんの同意を得ずに刺青を入れた可能性があるとして、警視庁が捜査を進めていた。

笹川さんが牛島容疑者の自宅マンションに監禁されていたことも明らかになった。隣の部屋の住人は、「男性の一人暮らしと聞いていたのに、毎日のように女性の泣き声が聞こえてくることがあった」と証言。玄関のドアには、外側にチェーンが取り付けられていた痕跡があった。笹川さんの友人が「一年ほど前に『恋人ができた』と報告されたのを最後に連絡が途絶えていた」と話していることから、恋愛関係が次第にエスカレートしたものと見られている。

警視庁によると、牛島容疑者の自宅マンションの冷蔵庫には、殺虫剤や漂白剤の成分を含む菓子類が保管されていた。監禁状態にあった笹川さんが、牛島容疑者を殺害しようとして作ったものとみられる。このことについて牛島容疑者は、「せっかく彼女が心をこめて作ってくれたものだから、毎回食べては吐き出していた」と供述している。

＊

星が、とても綺麗だ。

僕は寝転んで天井を見上げながら、自分の作品に見惚《みと》れていた。

丸三年かけて、狭い独房の天井に刻んだ星々。針もないし、色も入れられないけど、スプーンやフォークの柄《え》を使えば似たようなことはできた。

天井を少しずつ削る感覚は気持ち良かった。——眠っている明美の頬に、こっそり針を入れているときみたいで。

僕を愛してくれた明美の命をこの手で奪ってから、彼女の死体を腕に見上げた星空。あれほど美しい夜空を、僕はほかに見たことがない。

そしてその星を今日も、僕は眺める。

やっぱり——旅先の風景というのは、心に残るね。

隣りの黒猫、僕の子猫

堀内公太郎

初出『５分で読める！　ひと駅ストーリー　猫の物語』（宝島社文庫）

「――さっきから妙な音がするんだけど」

　ドアを細く開けると、マンションの隣に住む女がいきなりそう言ってきた。

「……なんすか、急に」僕はかすれた声で訊《き》き返す。

　土曜の朝六時前だった。早朝にもかかわらず、すでに日中の暑さを確約するかのようにムシムシしている。それだけでもうんざりするのに、乱暴なインターフォンで起こされた僕は不機嫌極まりなかった。床に直接寝ていたせいで身体《からだ》の節々が痛い。

　ノーメイクの女の顔に眉毛はなかった。金色の髪は艶《つや》がなく、朝日に照らされると傷んでいるのがよく分かる。夕方の出勤前に見かけると多少は小ギレイに見えるが、明るい中ではずいぶんと老《ふ》けている印象を受けた。

「今朝帰ってからずっと、あんたんちから妙な音が聞こえるんだけど」

　ああ、と僕は覚め切らない頭で考えた。「子猫ですよ」と答える。

「子猫？」女が眉をひそめる。「あんた、猫飼い始めたの」と部屋をのぞこうとする。

　僕は身体で女の視界を遮った。

「用はそれだけですか。だったら、帰ってください」とドアを閉めようとする。

「待ちなさいよ」女が急いで口を開いた。「うちのマンションはペット禁止よ」

「よく言いますね」僕は鼻で笑った。「お宅も飼ってるじゃないですか」

　女がギクリとしたように肩を震わせた。「……なんの話？」

「お宅の黒猫、ベランダ伝いにしょっちゅううちに来るんですよ」

「ウソ?」女が目を丸くした。

「お宅、この時期、窓開けっ放しでしょ。あの猫、普通に行き来してますから」

あ、と女が声をもらす。「それで……」と納得したようにつぶやいた。

「じゃあ――」僕は再びドアを閉めようとする。

「待って、待って」女があわてたように言った。

「なんですか、もう」僕はうんざりした気持ちで訊き返す。

「あんた、うちの子にエサあげてるでしょ」

「それがなにか」

「やめてくれない?」

僕は目を細めた。「どうしてです」

「迷惑なのよ。うちにはうちのやり方があるんだから」

「やり方ねえ……」僕は冷ややかに女を見つめた。「エサや水を与えずに衰弱させた場合、五十万円以下の罰金だってご存じでしたか」

「……え?」

「覚えておいたほうがいいですよ」僕は女の返事を待たずにドアを閉めた。

「ちょっと!」女の焦った声が聞こえた。「なに適当なこと言ってんの! あたしはそんなことしてないわ！」

女の言葉を無視して、僕は奥の寝室へと向かった。床に放り出したままの六法全書が目に入る。不意に指導教官の小馬鹿にしたセリフを思い出した。

――君さあ、ちゃんと六法、読んでる？

――君の六法って漬物石にしかならないんじゃないの。

腹立ち紛《まぎ》れに、六法全書を蹴り飛ばした。壁にぶつかって落下する。目を閉じて長く息を吐いた。何度か深呼吸をするうちに落ち着いてくる。

ゆっくりと目を開けた。

ベッドには昨日拾ってきた子猫がいる。薄目を開けた顔は寝ぼけているようにも、どこか恨めしそうにも見えた。喉の奥をずっと鳴らしている。

側《そば》に寄って頭をなでた。子猫が嫌がるように身じろぎしたので、少し乱暴にかきむしってやる。毛が柔らかくて気持ちよかった。ところどころ汚れで固まっているが、ちゃんと洗えばキレイになるだろう。

「気分はどうだい」

昨夜、コンビニの前にいたところを連れて帰ってきた。腹を空《す》かしていたらしくエサで釣ると簡単についてきたが、食い終わると僕が触れようとしても激しく拒絶した。野良猫は人になつかないと聞くが、まさにそのとおりだった。なんとかおとなしくさせたときには、すでに明け方近くになっていた。

玄関の音はいつしか聞こえなくなっている。女もあきらめたのだろう。

ベランダから猫の鳴き声が聞こえた。窓際に行ってカーテンを開けると、隣の黒猫がアミ戸に爪を立てている。

僕はアミ戸を開けてやった。黒猫が部屋に入ってくる。ベッドの子猫を見やると、

「ニャー」とどこか不機嫌そうに鳴いた。


「くそ!」部屋に戻るなりそう吐き捨てた。「あのガキ、ふざけやがって!」

五十万円以下の罰金——。

猫ごときで馬鹿馬鹿しい。そんな大金、払いたくもない。

しかし、万が一を想像すると背筋が寒くなるのも事実だった。現状で五十万も請求されたら破産するのは間違いない。

三年前までは、勤めている店でもトップスリーに入っていた。月の稼ぎも百万を下ることはなかった。しかし、最近はヘルプでなんとか食い繋《つな》いでいるのが現状だ。

それでも聖也《せいや》から声がかかると、あの店までいそいそと出かけてしまう。そして言われるがままにシャンパンを入れてしまうのだ。以前「お金がない」と言ったときの聖也の視線。あんな目で見られるぐらいなら生活を切り詰めようとあのとき誓った。

節約のため、ここ半年ほどクロにはロクにエサをやっていない。正直、今は大きくなりすぎて愛情もなかった。早く餓死してほしいと願っていたが、隣でエサをもらっていたとは思わなかった。どおりでなかなか痩せていかないはずだ。

「ああ、もう！」

一年前に引っ越してきたとき、挨拶に来た母親から男は有名私大の法学部に通っていると聞かされていた。法律に詳《くわ》しいのはそのせいだろう。見た目は悪くないが、目がよどんでいて見るからに陰険そうな印象だった。

こういうときこそクロを引っ叩《ぱた》いてすっきりしたかったが、先ほどから姿が見当たらない。もしかしたら隣に行っているのかもしれない。

ベランダ伝いに、今も子猫の声が聞こえていた。しかし、鳴き声というより低いうなり声に近い。猫の鳴き方にしては少しおかしな気がした。

そのとき、ふと気づいた。

実は、つけた覚えのない傷がクロについていたことが何度かある。自分が酔ってやったと思っていたが、あの男がクロを傷つけていた可能性はないだろうか。

だとしたら、拾ってきた子猫も虐待しているのかもしれない。

今聞こえている声は、子猫というよりイジメられた猫と言われたほうがしっくりくる。あの男ならそれぐらいはやりそうな気がした。

もしそうだとしたら、あの男の弱みをつかむことができる。

女は足音を忍ばせながらベランダへと向かった。


開け放した窓からは朝の光が差し込んでいた。風が汗ばんだ肌をなでていく。

ベッドでは、黒猫が子猫の顔を丁寧になめていた。まるでいたわるかのようだ。先ほどまで赤黒く汚れていた顔がずいぶんとキレイになっている。

子猫はくすぐったそうに身じろぎしていた。閉じた瞼《まぶた》が細かく震えている。

「おまえは優しいな」僕は黒猫をなでようとした。

次の瞬間、黒猫が僕の手を引っかいた。そのまま威嚇《いかく》するように毛を逆立てる。

僕はぼう然としてしまった。エサを与えていれば、これまでは殴ろうが蹴ろうが抵抗されたことは一度もなかった。どういう風の吹き回しだろう。

僕は黒猫を見据えた。いずれにしろ、逆らう相手にはお仕置きをする必要がある。

僕は床に落ちていた六法全書を拾い上げた。六法にはこういう使い方もあるのだ。

今度、教官にも教えてやろう。

そのとき、ベランダから悲鳴が上がった。

振り向くと、隣の女が青ざめた顔で立っていた。震える手でベッドを指差す。

「そ、それって……」

僕はベッドを振り返った。

血が飛び散ったシーツの上では僕の子猫が身体を丸めていた。六法全書で殴ったときの出血はすでに止まっていたが、あれ以来、絶えず喉を鳴らし続けている。

「子猫だよ」

手の甲の血をなめると、僕はゆっくりとベランダへ向かった。

「こ、子猫って、あんた……」女が唾《つば》を飲み込む。「頭から血が出てるじゃない！」

「ちょっとしたお仕置きさ」僕はベランダへ出ると肩をすくめた。「せっかく拾ってきたのに、エサだけ食って逃げようとしたからね」

僕が近づくと、女はあわててベランダの手すりによじのぼった。自分の部屋へ逃げ帰ろうとする。僕は六法全書を持ったまま女を追いかけた。

そのとき、僕の横を風のようになにかが通り過ぎていった。

黒猫だった。軽やかに飛び上がると、蹴りつけるように女に身体をぶつける。

「あ――」

女がバランスをくずした。手すりの向こうに姿が消える。

乗り出してのぞくと、女が手足を広げて一階の地面に倒れていた。じわじわと周囲に血が広がっていく。五階から落下したのだ。さすがに助からないだろう。

馬鹿な女だと僕はほくそ笑んだ。猫を虐待した女にふさわしい最期だ。

「やるじゃないか」僕は足元の黒猫を見下ろした。

その瞬間、黒猫が今度は僕に飛びかかってきた。不意を突かれてよけることができない。爪が顔面に食い込んだ。あまりの痛さに悲鳴を上げてしまう。

「や、やめろ！」

手を振り回しながらよろめいた。背中が手すりに当たる。振り上げた六法全書の重さにバランスをくずして、後ろ向きに身体が一回転した。落下を感じたのと同時に、必死で手すりをつかむ。放りだした六法全書が地面に激突する音が聞こえた。

見上げると、黒猫が手すりに立っていた。あくびをすると、真っ赤な口の中がむき出しになる。そして、後ろを振り返って「ニャー」と鳴いた。

黒猫の視線の先に現れたのは僕の子猫だった。顔のところどころにはまだ乾いた血が残っている。喉からは相変わらず空気の抜けるような音が聞こえていた。

い、い、い、い、い、い。

僕の子猫が黒猫を抱き上げる。

徐々に手がしびれてきた。腕だけで身体を支えるのがツラくなってくる。

「た、助けてくれ……」

僕の子猫――金髪を二つに結わえた少女――はなにも答えなかった。無表情のまま静かに僕を見下ろしている。僕が力尽きるのを待っているのかもしれない。

その胸元で黒猫がもう一度、「ニャー」と鳴いた。

誰にも言えないお仕置きの物語　伽古屋圭市

初出『３分で読める！　誰にも言えない○○の物語』（宝島社文庫）

ぼくの家には半年ほど前に新しい家族が増えた。

タカヒロさん、だ。

タカヒロさんはしつけにとても厳しい人で、悪いことをするとお仕置きをされる。

たとえばぼくがゲームに夢中になってしまい、興奮して「やった！」と大声を上げたとする。その声がテレビを見ていたタカヒロさんの耳に届くと、これは悪いことだ。

あっ、と思って身を硬くした瞬間、

「うっっっせぇよぉ！！！」

という怒声とともにぼくは蹴り飛ばされている。壁にある木の柱に頭をぶつけて、ぐわんぐわんする痛みとともに頭のなかがチカチカする。でも、これだけでは終わらなかった。

畳の上で頭を押さえていると、あたりがふっと暗くなる。立ち上がったタカヒロさんが、ぎょろりとした目玉でぼくを見下ろしていた。

「だからぁ、何度も言ってるよなぁ。家んなかででっけぇ声出すんじゃねぇってよぉ」

「ごめんなさぃ……」

タカヒロさんのほうがよほど大きな声を出していると思うのだけれど、反論は許されない。

「陽翔《はると》はいくつになったんだっけ」語尾を跳ね上げる威圧的な聞き方だ。「八歳だよなぁ」

「はぃ……」

「もう赤ちゃんじゃないよなぁ。人の言ったこと理解できるよなぁ。なんで同じこと何度も何度も何度も何度も何度も繰り返すのかなぁ」

言いながらタカヒロさんの顔はピクピクと震えて、苛立《いらだ》ちがどんどん言葉に交じるのがわかる。ぼくはただひたすらあやまるしかない。

「ごめんなさい」

「答えになってねぇだろうが！」

足が飛んできて、ぼくは横に吹き飛ぶ。あやまっても、けっきょく蹴られるか殴られる。でも、口答えをするよりは多少ましだと、この半年でぼくは学んだ。

「何度も言ってるよなぁ。悪いことをした子にはお仕置きが必要だよなぁ」

このあとぼくは亀のように手足を縮めてうずくまって、ひたすらタカヒロさんの蹴りに耐えつづける。いつ終わるかは原因に関係なく、タカヒロさんの気分次第だ。

お母さんはなにもしてくれない。最初のうちは止めてくれるのを期待してうずくまりながら視線を送ったけれど、気まずそうに目を逸《そ》らされただけだった。

荒い息をつきながらタカヒロさんが舌打ちをして、ようやくお仕置きが終わると心の底から安堵《あんど》する。頭のなかがガンガンして、全身が痛くて痛くて涙が止まらなくて、でも声を上げて泣くとタカヒロさんがまたキレるので必死に声を呑《の》み込んで、ぼくはひたすら我慢する。

お母さんがそばにやってきて、耳もとでつぶやく。

「陽翔、あんたなんで殴られたかわかる？」

殴られたんじゃなくて蹴られたんだと思ったけれど、いちいち言わない。

「ぼくが悪いことをしたから」

「うん。あんたが悪いんだからね。だからこのことを、お仕置きのことを絶対に誰にも言っちゃダメだからね」

「どうして？」

「陽翔が悪いからだって言ってるでしょうが」

「もし言ったらどうなるの」

「もうお母さんといっしょに住めなくなるの。あんたはひとりっきりになっちゃうの。ごはんも食べられなくなるし、学校にも行けなくなる。すぐに死んじゃうよ。それは嫌でしょ」

「うん。嫌」

「じゃあ、絶対に誰にも言っちゃダメ」

涙をこぼし、鼻水をグズグズさせているぼくを覗《のぞ》き込んで、お母さんは言い聞かせる。このときのお母さんの顔は、決まって少し怖い。

　ぼくのお母さんは毎日たくさんのお薬を飲む。

　いくつもの店を回って、ネットからも購入して、大量のお薬がうちにはある。風邪《かぜ》薬、咳止《せきど》め薬、頭痛薬など、本当にいろんな種類のだ。でもお母さんが風邪を引いているようには見えなかった。だから初めてその光景を見たとき、不思議に思った。

「お母さん、病気なの？」

「うーん、まあ、一種の病気かな」

　それにしても百個近くもありそうな薬を一気に飲むのは普通ではなかった。さすがにそれくらいはわかったし、はぐらかされていることもわかった。

「そんないっぱい薬を飲んで、大丈夫なの？」

「大丈夫でしょ。すっきりして、とってもいい気持ちになるんだから」

　ぼくは純粋にお母さんの体を心配していた。もし倒れられて、タカヒロさんとふたりになってしまうのはとても困る。

　タカヒロさんがどんな仕事をしているのか、よくわからない。

　最初のころはそうでもなかったけれど、最近は一日家にいることが増えてきた。出かけるのはコンビニに行くときくらいだ。そして家にいるときはよくビールを飲んでいて、ぼくにつがせようとする。お酌、というらしい。

コップが空いているのにぼんやりしてお酌をしないと、すぐにこぶしが飛んでくる。そそぎ方が下手《へた》だと蹴られる。タイミングが悪いと言って殴られる。ちょっとでもこぼしたらアウトだ。だいぶ慣れてきて、お酌の失敗でお仕置きをされることは減ったけれど、機嫌が悪いと理由もなく殴られるのでゼロにはならなかった。

だからなるべく家に帰る時間を遅らせるため、ぼくは毎日のように町の図書館に通うようになった。あんまり遅くなると怒られてしまうけど、夕方の六時くらいまでに帰れば大丈夫だからだ。学校の図書室と違って知らない人ばかりで気楽だし、大人っぽい本があるのもありがたかった。

図書館にいて本を読んでいるときがいちばん平和で、心が安らいだ。

でもある日、ぼくの安らぎが破られそうになった。

「すごく難しそうな本を読んでるのね」

顔を上げると、隣に見知らぬ女の子が座っていた。たぶんぼくと同い年くらいだろう。口の端を左右いっぱいにひろげて笑みをつくっている。

「いつもいるよね。毎日来てるの？」

学校で見た記憶はないし、少なくともクラスメイトではなかった。ぼくは読んでいた本を閉じて、腕を乗せて隠す。

「まあ、だいたい毎日来てるかな」

「ねえねえ、なに読んでるの」さらに体を寄せてくる。ぐいぐい来る子だ。

「なんでもいいだろ。ほっといてよ」

「つれないなー」覚えたばかりの言葉なのだろう、彼女は楽しげに言った。「ところで、その手のアザ、どうしたの？」

はっ、とする。右手の服の袖がずり上がって、紫色の痣《あざ》が覗いていた。袖を引っ張って慌てて隠す。

「なんでもないよっ」

「あ、なんかすごく怪しい」女の子は目を細めた。「イジメ？　あっ、もしかしてギャ、ギャクタイだったり？」

「違う。されてない」

「ムキになってる。やっぱり怪しい。告げ口するなって脅されてるの？　でも、イジメもギャクタイも悪いことだから、ちゃんと言わなきゃ。大丈夫、みんな必ず助けてくれるから」

「だから違うって！」

ぼくは逃げ出すように飛び出した。走りながら、もう図書館には行きにくくなったなど思う。会えば、きっとあの子はまた付きまとってくるはずだ。時間をつぶす別の場所を見つけなきゃならない。

お仕置きのことは、絶対に誰にも言ってはいけないのだから。


六月になって、長袖で腕の痣を隠すのも難しくなってきた季節だった。蒸し暑く寝苦しいある夜、大きな鼾《いびき》をかいて寝ていたタカヒロさんが突然苦しみだした。すぐにお母さんが救急車を呼んで病院に運ばれたものの、そのまま死んでしまった。

タカヒロさんは遠く離れた東北のほうの生まれで、そっちで葬式をするらしく、けっきょくお母さんもぼくも行かなかった。

タカヒロさんの死因は薬の過剰摂取《オーバードーズ》による心不全だろうとぼくは思っているけれど、医者がどう診断したのかは知らない。お母さんがどこまで説明したのかも知らない。

薬をちょろまかすのは容易だった。だってうちにはあれだけ大量にあって、お母さんも把握していなかったのだから。タカヒロさんへのお酌のたびに、砕いて粉末状にした薬をコップやビールの缶に入れていた。お酒といっしょに薬を飲めば、さらに危険性が上がるのも調べて知っていた。ビールを飲むときはいつもテレビを見ているので、ばれないように混ぜるのは簡単だったけれど、味で気づかれないかと最初はヒヤヒヤしながら、少しずつ量を増やしていった。やがて「酒を飲むと以前よりいい気分になる」と上機嫌になるようになった。

図書館で殺害の計画を練っているときがいちばん、心の安らぐときだった。だからこそ見知らぬ女の子とはいえ、薬関係の本を読んでいるところや、虐待の痕跡を見られるわけにはいかなかった。万が一にも疑われるきっかけを残してはならなかったのだ。

そしてまた、お母さんとふたりの生活に戻った。

クズみたいな親だけれど、暴行や育児放棄《ネグレクト》はしないので、いまのところはこのままでいいかなと思っている。

もちろん、自分のやったことを誰にも言うつもりはなかった。

タカヒロさんが言ったように悪いことをした人にはお仕置きが必要だし、お母さんが言ったようにお仕置きは誰にも言っちゃダメなのだから。

銘菓

高山聖史

初出『５分で読める！　ひと駅ストーリー　降車編』（宝島社文庫）

待ちに待った給料日がやってきた。わたしは弾む思いで暖簾《のれん》をくぐった。訪れたのは老舗《しにせ》の和菓子専門店『宝田屋《たからだや》』である。

店内に並べられているのは極彩色の菓子だ。程よく抑えられた甘さと滑らかな舌触り。癖のない香り。口にするたび、上品という形容が見事に当てはまると思う。

「いつもどうも」

和装の女将《おかみ》が笑みをつくる。

「その後、ご様子はどうです」

わたしのことではない。姑《しゅうとめ》の体調を気遣《きづか》っている。

「まあまあ、ってところです。歳には勝てませんね」

わたしがこの地に嫁いで四十年が経《た》つ。周りに知己《ちき》がいないことを案じ、よくここへ連れてきてくれたのが姑だ。彼女が嫁に来たときも似たような境遇だったらしい。

落ちこんだ顔を見ると、大姑が宝田屋の菓子を買ってきてくれたのだという。

本当に美味《おい》しいと思えるものを食すと心の強張《こわば》りも解《と》ける。置かれた環境こそ変わらないものの、何か開き直った強さが滲《にじ》み出すから不思議だ。もう少し頑張ればきっとよいことがあるはずだと希望さえ持てた。

わたしは姑の心遣いが嬉《うれ》しくて堪《たま》らなかった。一緒に店へ行くのが本当に楽しみだった。その彼女も数年前から体調を崩した。アルツハイマー病である。

症状は悪化の一途《いっと》をたどっているが、施設に預けるほどの余裕はない。わたしはパートを辞め、内職をしながら姑を介護し続けた。

毎日、心が折れそうになる。こうして月に一度だけ和菓子屋を訪れ、お気に入りの菓子を買うのが唯一の楽しみだ。

わたしは、姑が好きだった「季節のおススメ」を買った。

──あと二時間ちょっと。

姑が薬を飲んで眠っているあいだに夕飯の買い物も済ませなければならない。幸い、家の目と鼻の先にスーパーがある。以前、パートで働いていた店だ。

B駅へもどり、自宅のあるA駅へ向かう。電車はすぐにやってきた。

A駅からB駅まではたった一駅だが、自宅からA駅までは歩いて十五分ほどもかかる。リウマチも抱えた体には辛いはずの距離だった。タクシーで行けばずっと楽だし、片道はワンメーターだ。しかし姑は、安く済むからと頑《かたく》なに電車を利用した。少女時代に「贅沢《ぜいたく》は敵だ」と教えこまれた名残《なごり》だろうか。

そんな姑が宝田屋の菓子だけは譲らない。どんなに値が張っても、ほかの菓子に手をつけようとしなかった。わずか数分の乗車だが、姑はじつに嬉しそうだった。

当時を思い出しながら溜息《ためいき》を吐《つ》いたときだ。わたしは、視界に入った中年女性に声をかけられた。一瞬、誰か思い出せなかった。

「今日はおひとり？」

訊《き》かれて記憶が繋《つな》がった。姑と宝田屋へ行くとき、何度か乗り合わせたことのある女性である。同じように老婆を連れていた。姑ではないだろう。目元や口元に面影があった。

「ええ」とわたしは答え、「お連れさんは？」と聞いた。

彼女は寂しそうに「ボケちゃってね」と隣にかけた。彼女はこの電車に乗るとき何を思うのか。想像すると胸が詰まった。

それが引き金になった。とたんに感情が堰《せき》を切る。米寿を祝った席で姑が宝田屋の菓子が欲しいと喚《わめ》いた。ほんの一時間前に頑張っていたのをすっかり失念して。

あれからだ。悪化していったのは。

姑はもうすぐ自分を失う。いまのうちに好物だった銘菓を食べさせてやりたかった。わたしは思いつくままに話していた。

「それなら」

彼女が思い当たったように呟《つぶや》いた。

「一度、お向かいの店に行ってみるといいわ」

宝田屋の向かいも和菓子屋だ。『万寿《まんじゅ》』という店で、やはり老舗だと聞いている。構えはより古いが、客の入りはいいようだ。気にはなっていたものの、姑のために買いに出るのだ。

「あそこの『紅玉《べにたま》』を食べさせてあげて」

売り出したばかりの新製品で、思わず手に取りたくなるような艶《つや》を放つ菓子だという。電話予約が必要らしい。

「予約といっても、すぐに拵《こしら》えてくれるから大丈夫よ」

彼女が遠い目をしていった。

「……買ったわ、母に。多い日は十個も」

「そんなに?」

「遠方から見えるお客には、一度に何十個も買う人がいるそうだわ」

「いったいどんな――」

訊いたが、彼女は腰を上げてしまった。

「お母様に、是非」

独りごとのようにそう重ねただけだった。

見た目にも綺麗《きれい》で美味《うま》い。宝田屋の菓子よりも上質だというのか。

わたしはA駅に着くや、引き返すことにした。

ホームで万寿に電話した。紅玉を頼むと、今日は十個までならつくれるらしい。

Ｂ駅に着くと、ロータリーを渡り、いつもとは反対側へ。こうして遠目から宝田屋を眺めるのは妙な気分だ。あそこへ通い詰める四十年だった。泣き笑いをくり返してきた日々が、紅玉という奇妙な菓子の存在で打ち消されてしまう気さえした。姑の舌は確かだった。わたしは、いまでもそれを信じている。万寿が上なら、とっくに通っていたはずではないか。

わたしは万寿から出てきた女性客に思い切って訊いてみた。

「あの、紅玉をご存じ？　食べてみたいと思うんだけど、いつも売り切れで」

「やめといたほうがいいわよ」

「——え？」

「『超』がつくほどマズいから」

耳を疑った。一度に何十個も買う客がいるほどの人気商品ではないのか。

「食べたことがおありで？」

「新商品が出たって、娘が買ってきたの。あの子も食べたけど、二度と買わないっていってたわね。どうして人気があるのか、正直わからない」

「どんな味」

「見た目はいいんだけど、食べてしばらくすると……」

形容できない様子だった。思い出すともどしそうだとばかり、顔をしかめる。

愕然《がくぜん》とした。宝田屋より美味い菓子があるなら、いまのうちに食べさせてやりたい。そんなわたしの気持ちを知り、薦《すす》めてくれたのだと思っていた。

姑は毀《こわ》れる寸前まできている。

先日のこと。台所へ入って、わたしは顔が青くなるのがわかった。姑が起きていた。ガスの元栓に手をかける寸前だった。咎《とが》めると人間とは思えないような叫び声をあげた。歯を剝《む》き出しにして怒りを露《あら》わにする。しかし譲れない。ガスと刃物、窓や玄関の鍵だけは。

寝起きが悪かったせいだろう。抗《あらが》う力はなかなか弱まらなかった。もっとも寝床で機嫌を損ねるよりはいい。介護するわたしの顔を張り、指を嚙《か》もうとする。

癒しを教えてくれた本人がいま、誰よりもわたしを苦しめる。これほどの悲しみがあるだろうか。それでも帰らなければならない。わたし以外の誰が面倒を見る。

踵《きびす》を返しかけ、ふと考えた。電車の女性はなぜあんなことを話したのだろうと。

嫌がらせを受ける覚えはないというのに。

わたしは躊躇《ためら》いながらも店に入った。ショーウィンドーの端っこに「紅玉」と書かれていた。商品は置いておらず、写真だけが貼られている。ぽんと一口で放りこめそうな小さな菓子だ。

透明感のある深紅と楕円《だえん》に見惚《みと》れてしまった。

華やかで手のこんだ装飾を施した菓子はいくつも並んでいる。老舗の看板を背負えるほどの出来栄えだ。しかし紅玉はその完成された簡素さゆえか、特別な風合いを醸し出していた。

人気の老舗に通い詰める客ほどつい手が伸びる。求めたくなる。そんな菓子に見えたのだ。

わたしは予約していたことを男性店主に告げ、商品を受け取った。ひとつずつ、屋号を印《しる》した紙に包まれてある。

「お客様、初めてでいらっしゃいますか」店主が尋ねた。

「ええ。評判だと聞いてね」

「午前中に予約していただければ、それなりの数をご用意できると思いますので」

今日のところはこれしか提供できない。店主が申し訳なさそうな顔を見せた。

話に偽りはなかった。一度にごっそりと買う客がいるからだという。

「写真だけじゃよくわからないから、試食できるようにしたら？」

「そうですよねえ……」

店主はいいづらそうに答えた。

「じつは、紅玉は、わたくしの母が先代のためにつくった菓子でしてね」

当初は非売品だったらしい。

「レシピを知って驚きました。あんなものを入れて美味しいはずがない」

「でも、こうやって商品化して……」

「効果があったものですから、売ることに。あとは口コミで」

「効果？」

訊くや、店主が眉を寄せた。知らないで買いにきたのかとばかりに。

わたしは重い空気を払うように店を出た。

自分でも肩が憤《いきどお》っているのがわかった。まずい菓子を食べたって、嬉しくもなんともない。姑に連れられ、初めて宝田屋の菓子を口にしたときの感激が忘れられなかった。美味かったから喜びに浸れた。何より癒された。

だが、万寿では美味くないことを認識して作り続けている。売れているからだ。

わたしは電車を待っているあいだ、紅玉をひとつ手に載せてみた。実物は写真よりはるかに美味そうだ。

電車に乗り、揺られ、どんな味か想像しているうちに、わたしは包みを開けていた。姑のために買ったのだと言い聞かせてはみたが手遅れだった。

口に放った。

滑らかな赤がすっと溶けたかと思うと、粉っぽい中身が顔を出した。舌で味わう間もなく、唾液がどんどん吸い取られていく。口内は干からび、喉が張りついた。

咽返った。

持っていたペットボトルの水で流しこみ、滲む涙を拭《ぬぐ》った。声をかけてきたあの女性の言葉が蘇《よみがえ》った。

買ったわ、母に——。

こんなものを何個も。

わたしは胸を押さえた。黒い目的に共鳴していた。

必死に介護した。自分の母にさえ同じようにできるかどうかわからないほど。

それなのに。

指に残る歯形を見詰め、流れ落ちた血と堪《こら》えた悲鳴を思い返した。いまは小さな寝息しか聞こえない寝室へ入り、わたしは姑の枕元に紅玉を置いた。九つ、すべてだ。

家中の蛇口はロープで固く結んである。

朝、昼、晩、真夜中、未明。姑は冷蔵庫を漁《あさ》り、ときには嘔吐《おうと》するまで食べ続ける。紅玉を目にすれば、貪るに違いなかった。

終わる。

姑が薄目を開けた。重ねられた真っ赤な艶を見つけるや、眠気が吹き飛んだ様子だ。枯れ枝の指で鷲摑《わしづか》みにすると、いつもの形相で口に詰めこもうとした。

首根っこを押さえ、のたうつ姿が目に浮かんだ。

頬を張られたように思った。

そうだったのか。

「ダメ！　こっち」

姑の手を払い、わたしは「季節のおススメ」を口に押しこんだ。

あの店主は確かに話していた。効果があったと。だが、先代が喉を詰まらせて死んだことではなかったのだ。効いたのは、つくった妻のほうだった。

紅玉は試す。

人でいられるかどうかを。

「銘菓」は想像を超える味わいを残した。黒い気持ちが晴れている。

「お茶、淹《い》れるわね」

わたしは涙声で微笑《ほほえ》んでいた。

獲物　塔山郁

初出『もっとすごい！　10分間ミステリー』（宝島社文庫）

その女《ガキ》を見つけたのは偶然だった。

最終バスが終わったバス停に、ぽつんと座っているのを見かけたのだ。

普段なら中学生なんかに用はない。しかしその夜はいい獲物《おんな》がいなかった。俺は車を停《と》めると窓を開けた。

「こんなところで何してるんだい」猫なで声で声を掛ける。

ガキがびっくりしたように顔をあげる。その顔は思った以上に幼かった。中学生どころか小学生かもしれない。思わず舌打ちをしたが、後にはひけない。「もうバスは来ないぜ。乗れよ。家まで送ってやる」優しいそぶりで声を掛けた。

「パパが……迎えに来るから」

ガキが怯《おび》えたように返事をする。

運転席に座ったままで、俺は頭のてっぺんから爪先までガキを見た。

サイズが小さいワンピースを着ているせいで、大人になりかけの体の線が丸見えだ。これが青い果実というやつか。見ていると生唾が湧いてきた。俺の視線に気づいたのか、ガキはしきりにスカートのすそを引っ張った。

パネルの時計は二十三時三十分をさしている。夏休みとはいえ、ガキがひとりで出歩く時間じゃない。

エンジンを切ると外に出た。あたりに人影はまったくない。自然公園前と書かれたバス停の照明が無人の道路を照らしている。

「お嬢ちゃん、名前はなんていうんだい？」

ガキは返事をしなかった。持っているバッグにアルファベットのキーホルダーがついている。それを見てから言葉を続けた。

「ユリちゃんか。いい名前だな。パパは何時に来るのかな」

俺は片足をあげると、ガードレールをまたごうとした。

その時だった。ガキがいきなり走り出した。くるりと振り向くと、背後の暗がりに飛び込んだのだ。そこには自然公園への階段があった。ガキは全力疾走で階段を駆け上っていく。

俺はすかさず追いかけた。上にあるのは森に囲まれた公園だ。管理事務所も夜間は無人。まさかそこで待ち合わせをしているわけではないだろう。

俺はガキの境遇を想像した。貧相な服装といい、こんな場所に一人でいることといい、まともな家庭環境で育ったとは思えない。誰からも相手にされない家出少女の類いだろう。

ガキは階段を上りきると形だけ張られたチェーンをまたいで自然公園に入った。

全力で走っているようだがガキの足だ。俺は余裕で距離をつめた。俺が後ろに迫ったことに気づいたのか、ガキは近くの公衆トイレに飛び込んだ。

俺はすばやく周囲を探った。

背後は森で、出入口は一箇所だけ。袋のネズミとはこのことだ。

トイレの周囲には土の匂いが漂っていた。そばにはスコップと手押し車が放置されている。たぶん清掃員が片づけ忘れたものだろう。あんまり手こずらせるようなら、始末した後、これを使って森に埋めてもいいかもな。そんな鬼畜なことを考えながら、俺は女子トイレに忍びいった。

そこはどうにも汚れたトイレだった。壁には蜘蛛《くも》の巣がかかり、床のあちこちに血を拭きとったような染みがある。壁はどこもかしこも淫猥《いんわい》な落書きだらけだ。みっつ並んだ個室の一番奥の扉だけが閉じていた。

中からはせわしい息遣《づか》いが聞こえてくる。俺はにんまり笑うと、

「迎えに来たぞ。早くここを開けてくれ」とドアを叩《たた》いた。

「やめて！　向こうへ行って――！」半泣きの声がした。

「冗談だよ。何もしないから出てこいよ」俺は優しく声を掛けた。「こんなところに一人でいたら、悪い奴らに捕まるぜ。俺が家まで送ってやる。だからここを開けて出てこいよ」

「どこかへ行ってよ！　お願いだから、もうここには戻ってこないで！」金切り声がトイレに響いた。

行ったふりをして、外で待ち伏せてもよかった。しかし万が一、逃げられでもしたら面倒だ。小汚い場所だが仕方ない。この場でカタをつけることに腹を決めた。

「出てこないなら遊びは終わりだ。力づくで扉をぶち破るから覚悟しな！」

怒鳴ると、助走をつけて扉を蹴《け》り上げた。大きな音がトイレに響く。一回では開かなかった。しかし二度三度と繰り返すうちに、鍵《かぎ》が軋《きし》んだ音を立て始めた。四度目のキックで鍵がゆるみ、五度目のキックで弾け飛んだ。

ガキは便器の陰にうずくまっている。両手で耳を塞《ふさ》いだまま「やめて。そんなことしないで、お願い、もうそれ以上はしないで――」とパニックを起こしたように泣いていた。

その様子にピンと来た。きっと父親に虐待をされているのだ。それに耐えかね家出したということか。

俺と同じだ。そう思ったとたん記憶が過去にスリップした。

俺のオヤジもクズだった。仕事もせずに酒を飲んではオフクロや俺に暴力をふるった。オフクロが癌《がん》で死んだ時は、集まった香典をすべて競艇に突っ込んだ。そんなオヤジの元で育ったのだから、俺がクズになるのも当然だ。

土曜の夜、拉致するように車に乗せて、森に連れ込んだ女の数は両手じゃ利かない。それだけのことをしながら、警察に一度も捕まったことがないのが、数少ない俺の自慢だった。

薄汚れたトイレの片隅にうずくまるガキが、昔の自分に見えてきた。俺はほんの少しだけガキに同情した。

「父親がクズだと、お互い苦労するな」

するとガキが顔をあげた。涙と鼻水でぐしゃぐしゃになった顔をゆがめて、

「違う！　パパはクズなんかじゃない！」と怒鳴った。

昔は俺もそう思っていた。俺のオヤジは大工だった。怪我《けが》をして今は仕事ができないけれど、怪我が治ればまたバリバリ仕事をするはずだ。そんなオフクロの言葉を馬《ば》鹿《か》正直に信じていた。

もちろんそんな日は来なかった。邪魔者扱いされた中学の卒業式で思う存分暴れると、そのままオヤジを殴って家を出た。その後は一度も家には戻ってない。あのクソオヤジがどこかで野垂れ死んでいることが、俺の唯一の願いだった。

「パパはクズじゃないもん！　もうユリを殴らないって誓ったんだもん！」

ガキは必死の形相で訴えた。

「二度とユリやママを殴ったりしないって、殴りたくなっても我慢するって、これからは人に迷惑をかけることはしない、人のためになることをするって、そうユリに誓ったんだもん！」

俺は呆《あき》れた。空想と現実をごっちゃにしているだけだ。現実を見させてやるべく俺は言った。

「じゃあ、訊《き》くが、どうしてお前は、いまこんな所にいるんだよ。普通のガキなら、家に帰っておネンネしている時間だぜ。そんなに優しいパパがいるなら、どうしてお前はこんな小汚い便所にうずくまって、ピイピイ泣きじゃくっているんだよ」

ガキは黙った。虚《うつ》ろな目をして下を向く。

ザマアミロ。生意気な口をききやがって。ガキは黙って大人の言うとおりにしてればいいんだよ。そうすれば最低限の苦痛を感じるだけで済ませてやる。

「……パパは本当に改心したんだもん」

ガキはしぼり出すように言った。頭を膝に押しつけながら、

「パパは刑務所に行って心を入れ替えたんだもん。ユリに言ったよ。本当は家族を殴りたくはなかったって。でも色んなことがあって、苦しくてどうしようもなくて殴るしかなかったんだって。自分がひどい人間だとしか思えなくて、死んだほうがいいと思ったこともあったって。でも刑務所に行ったら、自分は悩んでいるだけましだってことがわかったんだって。子供や女の人に暴力をふるうことを自慢する人が刑務所にはたくさんいたって。それで目が覚めたって。殴っていいのは家族じゃない。殴っていい相手は別にいる。だから私も約束した。私やママを殴らないなら、パパの言うこ

とはなんでも聞く。本当は嫌だけど、それでパパが楽になれるなら、頑張ってパパのお手伝いをしてあげる。そう約束したんだ。だから――」

「もういい。黙れ」

強烈な怒りが湧いてきた。同情したのが間違いだった。つまらないごたくを並べやがって。自分がただの無力なガキだってことを思い知らせてやる。手始めにこの場で裸に剝《む》いて犯してやる。俺はガキに向かって踏み出した。

その時だった。

音が聞こえた。

しかしこの時間、こんな場所に人がいるはずはない。

――空耳か。

気を取り直して前を見た。ガキは体を丸めている。膝の間に顔を埋め、両手で耳を塞いでいる。それは自分の身を守ろうとする格好ではなかった。何も見たくないし、聞きたくもないという格好だ。どうしてこいつはこんな姿勢をする。なぜ自分の身を守ろうとしないんだ？

その瞬間、首筋が粟《あわ》立った。

それまで気にしていなかった疑問が一気に心に湧いてきた。

このガキが家出少女だとしたら、一体、あのバス停で何をしていたのだ。道行く男に声を掛けられることを期待してなら、俺に声を掛けられるなり一目散に逃げ出したのはどういう理由だ。刑務所帰りの父親はこいつに何を手伝わせたんだ。トイレの前で見たスコップと手押し車は本当に清掃員が忘れたものなのか——。

今度ははっきり音がした。

弾かれたように振り向いた。坊主頭の男がそこいた。

男は軽蔑と憎悪の目で俺を見ていた。振り上げた金属バットが、よける間もなく振り下ろされた。頭蓋が砕ける音がトイレに響き、激しい衝撃に意識が飛んだ。

飛んでくる血飛沫《しぶき》から身を守るため、便器の陰に必死に身を縮めるガキの姿。

それが俺がこの世で最後に見た光景だった。

好奇心の強いチェルシー　中山七里

初出『５分で読める！　ひと駅ストーリー　猫の物語』（宝島社文庫）

かりかり。かりかり。

チェルシーは今日も壁を引っ掻《か》いている。後ろ足で立ち、一心不乱になって壁に爪を突き立てている。場所はいつもと同じ北側の壁だ。

チェルシーは同居相手の有希《ゆうき》がわたしの家に押しかけて来た際に連れてきたメス猫で、二歳のベンガル猫だ。有希の説明によればベンガル猫というのはヤマネコとイエネコの交配種だそうで、なるほど豹《ひょう》を思わせる被毛は野性味に溢《あふ》れている。そういう動物が何かを掘り出そうと、懸命に壁を引っ掻いている様子は、きっと猫好きには堪《たま》らない仕草に映るだろう。

だが間近で見ているわたしにとって、チェルシーの行動は神経を逆撫《さかな》でするものでしかなかった。

「やめろ、チェルシー。あっちに行ってろ」

わたしがそう言って追い払うとチェルシーはいったん引き下がるものの、すぐにまたやってきて同じことを繰り返す。お蔭《かげ》で壁のその部分は壁紙がすっかりぼろぼろになってしまっている。わたしが作業に使っているこの部屋は、今は亡き母親がピアノを弾くために改造したものであり、防音対策で壁は四十センチ厚になっているので爪で引っ掻いたくらいではびくともしない。

それでもわたしがスケッチをしている時など、チェルシーの爪の音が何度も筆の動きを止めさせた。

かりかり。かりかり。

かりかり。かりかり。

「いい加減にしろ！」

怒鳴るとチェルシーは逃げ出したが、一度こちらを振り返ってフーッと唸《うな》った。

その時、来訪者を告げるチャイムが鳴った。玄関に出てみると男が一人立っている。

男は高輪署《たかなわしょ》の岡崎《おかざき》と名乗った。

「こちらに相馬《そうま》有希さんはいらっしゃいますか」

話が長くなりそうなので、わたしは岡崎を作業場の中に招き入れる。部屋中に散乱した画材とテレピン油の臭いで、岡崎はすぐにわたしの仕事を察したようだった。

「ほう、画家さんでしたか」

「全く売れてませんけどね。ああ、有希のことでしたね」

「ええ。ご家族から捜索願いが出ていまして。ご友人の話ではこちらにお住まいということだったんですが」

「彼女ならもう二カ月も前に家を出て行きました」

「出て行った？」

「つまらないことで言い争いをしましてね。荷物をまとめてさようなら。それっきり音沙汰がありません。行き先も聞いてませんしね。もしお疑いでしたら家の中をご覧いただいても結構ですよ」

岡崎はわたしの言葉に従って家の中を探し回ったが、有希の所持品が何一つ残されていないことを確認すると諦めた様子で我が家を辞去していった。

わたしはその間終始冷静を装っていたが、本当は不安で胸が潰れそうだった。

有希が家に転がり込んで来たのは今から半年前のことだった。以前、絵のモデルをしてもらった縁で友人以上の関係になっていたのだが、家賃滞納でアパートを追い出されて、わたしを頼ってきたのだ。

わたしは両親を亡くしこの洋館を相続したのだが、一人暮らしだったので特に申し出を断る理由もなかった。だから家事を担当させるという条件で有希との同居を承諾した。

最初の頃、わたしたちの同居生活は非常に上手《うま》くいっていた。モデルをしていただけあって、彼女はわたし好みの肉感的な女で、ベッドの上では申し分がなかった。一方、料理の方はからきし駄目で、わたしがすぐに調理する方に回ったが、まあ全てに満点を求めるのは酷《こく》というものだろう。有希にしてみればただで飯が食え、暖かなベッドもある。その上、愛猫のチェルシーも傍《そば》にいるのだから何も文句はないようだった。

だがわたしは次第に有希の無軌道ぶりが鼻につくようになっていった。

まずチェルシーが食い散らかしたエサの後片付けをしない。自分の服も脱ぎ散らかしっ放しで、およそ整理整頓という観念がない。仕事がない日は真昼間から酒を食らい、惰眠《だみん》を貪った。元来几帳面《きちょうめん》であるわたしには、いちいち気に障《さわ》ることばかりだった。しかも酔うと、自分を認めない世間について愚痴をこぼし始める。何のことはない。有希に比べればニャーとしか啼《な》かないチェルシーの方がよっぽどマシだった。

かく言うわたしも描いた絵が評価されない日が続き、胸に昏《くら》い澱《おり》が溜《た》まっていた。思うように筆が進まないと、それを有希の振る舞いのせいにすることが多くなった。

そして今から二カ月前のことだ。いつものようにわたしの絵をからかうように見ていた有希は嘲笑するように言った。

「ホント、あんたの絵って村上隆《むらかみたかし》のパチモンだよねー」

「何だと」

「構図といい色使いといい、そっくりじゃん。でもあんたの名前でこの絵じゃ売れないのも当然だわね」

わたしの画風が村上某《なにがし》のそれに似ていることは、以前にも画家仲間から指摘されて悩んでいた。しかし、それをこんな酔っ払いの女にまで言われる筋合いはない。

日頃から溜まっていた鬱憤《うっぷん》が一気に爆発し、わたしの手は立て掛けてあったイーゼルの柄《え》を握っていた。

そして、気がつくと足元に有希の死体が転がっていたのだ。

恐慌状態を過ぎると、わたしは必死に考えた。死体をどこかに捨てたとしても、彼女がわたしと同居していたことは多くの人間が知っている。早晩、わたしに疑いの掛かることは目に見えている。それなら死体を隠してしまえばいい――。

わたしはドリルで壁に穴を開け、有希の死体をその中に塗り込めた。結構な力仕事だったが仕上げは完璧だった。彼女の持ち物と珪藻土《けいそうど》の瓦礫《がれき》も遠くの山に捨ててきた。

だがチェルシーだけは残った。

彼女はその日から、まるで主人の身体《からだ》を掘り返すかのように有希の塗り込められた箇所を削り始めたのだ。

かりかり。かりかり。

かりかり。かりかり。

翌日、岡崎が警官数人を連れて再訪した。

「失礼ですが、もう一度お宅を拝見させていただいてもよろしいですか」

わたしに異存などなかった。二度目だから耐性ができていた。断ればますます疑われるだけだし、どうせ死体は発見できないに決まっている。まず壁は薄いものだという先入観がある。それに作業の時響いたであろう掘削の音は、ちゃんと言い訳が考えてある。

「ご近所の話では二カ月前、派手な工事の音がしていたらしいですね」

「作業場のフローリングがテレピン油で変色しちゃいましてね。その部分だけ自分で張り直したんですよ。何なら確認してみますか」

「それでは。後でちゃんと直しておきますから」

岡崎は警官に命じてフローリングを剝《は》がしにかかった。わたしはしばし高みの見物と洒落《しゃれ》込む。フローリングの下にある根太《ねだ》も取り外すつもりだろうが、そこに有希の死体はない。フローリングを張り替えたのは、塗り込め工事を誤魔化すためのフェイクに過ぎないのだ。彼らは見当外れの場所を掘り返し、そしてすごすご帰っていくに違いない。

「どこにもそれらしきものは見当たりませんね」

制服を埃塗《ほこりまみ》れにした警官が報告すると、岡崎は落胆を顔に表した。

ざまを見ろ——そう思った瞬間だった。

いつの間にかチェルシーが部屋に入り込み、例の箇所を引っ掻き始めたのだ。

かりかり。かりかり。

やめろ、と追い払おうとする前に岡崎が声を掛けてきた。

「どうかしましたか」

「いや、その……」

「おや、この壁、よく見れば妙に厚みがありますね。ちょっと失礼」

岡崎が壁紙を剝がしてみると、やはり新しく塗り込めた場所だけは色が違っていた。

「おい、掘ってみろ」

わたしは腰を動かしかけたが、岡崎の目に絡め取られて微動だにできなかった。

警官たちが一斉に壁を崩しに掛かった。塗ってまだ二カ月の珪藻土は非常に脆《もろ》く、あっという間に瓦解した。

その中から半ば白骨化した有希の死体が現れた。万事休す。わたしは抵抗するのをやめた。

「殺人ならびに死体遺棄の容疑で逮捕する」

わたしは自分の両手首に掛かった手錠を見ながら、岡崎に話し掛けた。

「それにしてもさすがですね。猫の引っ掻き傷だけで隠し場所を嗅ぎつけるなんて」

すると岡崎は妙な顔をした。

「あんた、何言ってるんだ？　さっきから壁を引っ掻き続けていたのはあんたじゃないか」

何だって――？

わたしは慌てて自分の手を開いた。

爪の間には壁紙の切れ端が詰まっていた。

「第一、猫ならここにいるじゃないか」

岡崎の指差す方向、つまり有希の死体の足元に、これまた白骨化した猫の死体が横たわっていた。

有希を殺したあの日、騒いだチェルシーも一緒に殴り殺してともに塗り込めたことを思い出したのはその時だった。

かりかり。かりかり。

かりかり。かりかり。

おやゆびひめ　降田天

初出『5分で読める！　ぞぞぞっとする怖いはなし』（宝島社文庫）

忘れられないもの、ってありますか。ええ、忘れられないものです。あの風景とか、あの味とか、あの笑顔とか、あのぬくもりとか。逆もありますよね。忘れたいのに忘れらないもの。嫌な経験とか。

へえ、そうなんですか。すごくすてき。その方とは？　あら、残念。でも、いいほうの「忘れられない」なんですね。お顔を見ればわかります。きっと相手の方も、はじめて握ったあなたの手をなつかしく思い出してるでしょうね。五十歳だって六十歳だって関係ないですよ。

そんなロマンチックな話に比べたら、わたしの話なんてつまらないもんです。いえ、わたしのもいいほうの、ですけどね。

あれは小学校一年生か二年生のときだから、もう二十五年くらい前になるんですね。家の納戸で、とってもいいものを見つけたんです。

うちはごく普通の中流家庭で、祖父の代に建てた一戸建てに家族四人で暮らしてました。公務員の両親と、父の母である祖母、それからわたし。ええ、ひとりっ子なんです。そのせいかどうかわかりませんけど、子どものころのわたしは、ひとり遊びが好きでした。ひとりで本を読んだり、絵を描いたり、空想したり。当時はポケモンがはやってて、他の子はみんなそれに夢中だったけど、わたしはぜんぜん興味がなかったんです。テレビ番組や芸能人もよく知らないし、漫画の話題ならわかるときもあったけどみんなで話したいとは思わなくて。

内向的……そうなのかな。自分では特にそんなふうには思ってなかったんですけど、たしかによく言われましたね。特に父と祖母にはよく叱られました。そんなに引っこみ思案でどうする、もっと積極的になれって。ああ、いえ、べつにつらくはなかったんです。ああ、また叱られたな、くらいのもので。そういうぼんやりしたところも、父たちにとっては歯がゆかったのかもしれません。

それを見つけたとき、両親は仕事、祖母も留守で、わたしは家にひとりでいました。工作に使う空き箱でも探してたのか、宝探しでもしてるつもりだったのか、理由は忘れたけど、とにかくわたしは納戸の奥に入っていきました。そこには何十年もの間、使わないものがあとからあとから詰めこまれて、取り出されることはめったにありませんでした。奥のほうなんて何が入ってるのか、家族の誰も覚えてなかったと思います。そのいちばん奥に戸棚がありました。ゆがんでたのか引き戸は固くて、両手に体重をかけて何度も引っぱって、ようやく開いたときにはものすごい量の埃《ほこり》が舞いました。死んじゃうんじゃないかと思うほど咳《せ》きこんで、涙を拭いながらなかを覗《のぞ》きこんだら、そこにそれがあったんです。

人間の親指。

にんげんの、おやゆび。聞き間違いじゃないですよ。ええ、そう言いました。これ、この親指です。付け根から切断された親指が一本、真っ赤な布を敷いた上に置かれていたんです。

　そりゃびっくりしましたよ。でも悲鳴は出なかったんですよね。尻もちをついたり慌てて逃げ出したりもしませんでした。怖いとは思わなかったんです。それよりも見とれてしまって。その親指が、あまりにきれいだったから。

　やっぱり変なんでしょうね。でもわたしにとっては、他の子がレアなポケモンを見つけたり芸能人にひと目ぼれしたりするのと同じ感覚だったんだと思います。見た瞬間に魅了されて、とりこになりました。すらりとした流線型のフォルム、透きとおるような白い肌、付け根の骨の丸み、あざやかなピンク色の断面、さざなみのような関節のしわ、つやつやした桜色の爪、その根元の半月……思い出してもうっとりする。あれは右手だったのかなあ、左手だったのかなあ。

　ああ、怖がらないでください。ごめんなさい、怖い話じゃないんです。

　わたしは親指のことを誰にも話さず、自分だけの秘密にしました。そしてひとりになる時間があると決まって納戸へ行き、親指を眺めました。時間が許すかぎり、飽きることなくいつまでも。自分の部屋に持っていきはしませんでした。いくら美しくても人間の親指ですから、触れるのはためらわれたんです。

　読んでた本の影響で、この指は犯罪の証拠かもしれないとか、呪いの道具かもしれないとか、だとしたら家族の誰かが……なんて想像したりしました。祖母の妹が若くして亡くなったと聞いていたので、もしかしてその人の指なのかもしれないと考えたこともありました。ええ、子どもでしたから、死体は腐るものだという発想がなかったんです。

そのうちわたしは親指に話しかけるようになりました。おやゆびひめ、って名前をつけて。安直だけど、その指は本当にお姫さまみたいにきれいだったんです。お姫さまの指じゃなくて、指そのものがお姫さま。わたしはおやゆびひめに夢中でした。楽しかったことも嫌だったことも空想の物語も、彼女にだけは何でも話しました。彼女の存在を誰にも知られないように、ひそひそと小さな声で。わたしだけの秘密のお姉さん。心から大好きだった。

だけどそんな日々は、突然に終わってしまいました。おやゆびひめが消えてしまったんです。ある日、学校から帰って戸棚を開けると、赤い布の上に彼女の姿がなくて……。ああ、だめだな、思い出したら今でもすごくつらい。

わたしはパニックになって捜しまわりました。納戸のなかはもちろん、家じゅう、それに庭や近所まで。おやゆびひめが自分で出ていったのかもしれないなんて、本気で思ったんです。わたしが何か悪いことをしたなら謝るから出てきて、って泣きながら呼びかけたりもしました。誰かにさらわれたんじゃないかと、それとなく家族に探りを入れてもみたけど、わからずじまいでした。どんなに待っても、おやゆびひめは帰ってきませんでした。おやゆびひめが載ってた赤い布を抱きしめて、そっとにおいを嗅いでみたりもしたけど、彼女を感じさせるものは何も残ってなかった。

　真相がわかったのは、ずっとあとになってからでした。お正月に家を訪ねてきた叔《お》父《じ》が、父と兄弟水入らずで飲みながら話してるのをたまたま聞いたんです。

　おやゆびひめを持ち出したのは、この叔父でした。彼は大学生のとき、サークル活動で映画の小道具を作ってたんだそうです。あの親指はかつての叔父の作品で、指のモデルは当時の恋人。誰かが見つけて驚いたらおもしろいと思ってあんなふうに置いておいたものの、そのことを長らく忘れてたんですって。たいへん出来がよかったことをふと思い出して、人に見せようと、わたしのいないときに家を訪れて持ち出したということでした。叔父の子どもじみたいたずらに、子どものわたしが引っかかったわけです。親指に一度でも触れてれば、作りものだって気づいたでしょうにね。

　わかってみれば、なーんだ、っていう話でしょう？　あれ、どうしたんです、そんな顔をして。怖い話じゃなかったでしょう？　あ、もしかして薬が効いてきたのかな。ごめんなさい、さっきそのお茶にこっそり入れさせてもらいました。大丈夫、死にいたるようなものじゃありませんから。ただ、一時的に体の自由がきかなくなるだけで。

　叔父から親指のモデルになった人のことを教えてもらったんです。写真も見せてもらいました。叔父もあなたのことを忘れてませんでしたよ。手がとてもきれいだったって言ってました。歳を重ねてもやっぱりきれいですね。

わたしももちろん忘れてません。忘れられなかったよ、ずっと、ずーっと。だから一生懸命、捜したの。保険のセールスの仕事についたのも、こうしてあなたと再会するため。あのころみたいに、家のなかでふたりきりになっておしゃべりするため。

待ってて、すぐに邪魔な部分は切り離してあげるから。ほら、あの赤い布もちゃんと持ってきたんだよ。

おかえり、おやゆびひめ。

ギフト　林由美子

初出『5分で読める！　背筋も凍る怖いはなし』（宝島社文庫）

夕方、洗濯物を取り込み、米を研ぎ始めたところだった。インターフォンが鳴り、タオルで手を拭いながらドアカメラで応対に出ると、いつもの帽子と制服を着た宅配業者が来ていた。「トマト運輸ですー。お荷物です」「はい、お待ちくださいね」ここ最近毎日のように家族の誰かが何か通販で買っている気がする。その際、夫なら「明日USBケーブル届くから」などと知らされるし、中学一年生の娘ならば「ママ、これ買って」とわたしに頼んでくる。

しかし今日は、そういった聞き覚えがなかったので「あれ、パパが何か頼んだのかな」と、わたしはシューズラックに置いてある認め印を片手に玄関ドアを開けた。「こんちは、サインか印鑑お願いしまーす」宅配業者が渡してきた伝票の受領欄に、機械的に判子を押して「ごくろうさま」と相手を見送った。

受け取った箱は両手で収まるほどの小箱で軽い。てっきり夫が注文したものと思ったが、箱に貼りついた送り状の宛名欄にすぐ自分の名前を見つけ、次に差出人を確かめるとわたしは言い知れぬ不安を覚えた。少なくとも、絶対に自分では注文していない。

差出人はクラフトパークタカギ。八年前、娘がまだ幼稚園生だった頃、仲の良かった三人のママ友と足しげく通っていた店だ。当時四人の中でビーズアクセサリーを作るのが流行《はや》っていた。ビーズの細い穴にテグスを通しながら、それぞれの夫や子供、自分の独身時代の話に花を咲かせて指輪やネックレスのモチーフを作っていた。

ダイニングテーブルに着き、壁の時計を見ると午後五時半を回ったところだった。あと十分もすれば娘の一花《いちか》が部活を終えて帰宅する。わたしは一花にこれを見られたくなくて、迷わず箱を開けたが中身を知ると慌てる気持ちを忘れて呆然《ぼうぜん》とした。梱包《こんぽう》材の下から出てきたのはビーズアクセサリーのキットだった。なんの手違いでこんなものが送られてきたのか、恐る恐る品物を取り出すと注文書が入っており、わたしはそれを手にした。

「ひゃっ」ついそんな声をあげていた。

注文者の名前が金本美幸《かねもとみゆき》になっていた。

ありえなかった。あまりにタチの悪い悪戯《いたずら》だ。

そこへ「ただいまー」と一花が帰ってきたので、わたしはその箱を一旦食品庫に隠した。なんでもない顔を装ってみても、その後の夕飯の用意や夫が帰宅してからの食事は気もそぞろだった。夫にもこの悪戯を伝えるのは躊躇《ためら》いがあった。

この件を話せるのは風見景子《かざみけいこ》と住田茜《すみだあかね》の二人だ。当時四人組だったママ友のうちの二人である。そしてもう一人が金本美幸だった。

夫が風呂に入り、一花が二階の自室に上がってゆくと、わたしは即座にスマホを手にした。まずは風見景子に電話をかけた。住田は夫の転勤で四年前に県外へ引っ越していた。

「久しぶり、どうしたの」

子供が小学校に入って以来、風見とも住田ともそれ以前のようなべったりとしたつきあいでなくなっていた。参観日に顔を合わせれば立ち話こそすれ、電話は何年ぶりかだった。

「あのね、唐突なんだけど……宅配便で変なもの届いてない？」

「変なものって？」

「ビーズアクセサリーのキットとか」

「ん？　どういうこと」

「注文者がその……金本美幸になってるの」

「え！」風見は素っ頓狂な声をあげた。「なにそれ、そんなはずないじゃない」

「悪戯か嫌がらせか、そんなところよね。さすがに不気味で。だからしーちゃんママのところにも届いてないかなと思って」

「うちは今のところ大丈夫だけど……嫌ねえ。それ支払いはどうなってるの」

「着払いを求められたわけじゃないし振込用紙も入ってない。注文者の欄に住所と電話番号も載ってるんだけど、それ二丁目九番地になってて」

「つまり金本さんの家があった場所なのね……」

そうだ。今は更地になっているあそこだ。

「電話番号も金本さんと同じなのよ。わたし、アドレス帳から金本さんを削除してたんだけど、たまたま幼稚園時代の連絡網が引き出しの中に残ってたから確かめられたの」

「気持ち悪い……だけどひとつ確かなのは少なくとも金本さんの携帯番号を知ってた人の仕業ってことよね。幼稚園で一緒だった誰かなのかしら」

「見当がつかないのよ」

解決策を見出せないまま電話を終えた。次に住田にも電話をかけたが反応は風見と同様で、二人とも特に近況をあれこれ喋《しゃべ》りだしたりはしなかった。

翌朝、わたしはクラフトパークタカギに返品依頼の電話をかけた。注文者に心当たりがない旨伝え、支払いについて尋ねると、ネット注文によるギフト扱いになっていて振込用紙は金本の住所に郵送してあるという。とはいえ、それは宛先不明で返送されるのだろう。

「ネット注文ですと注文時にメールアドレスの登録があると思うのですが」

「はい。注文確認メールが注文者様へ自動送信されるシステムになっております。ですが……この場合、フリーメールアドレスなどのいわゆる捨てアカが使われているかもしれません。そうなると当社としてはそれ以上の追跡は難しいのです」

悪意を持った人間にかかれば、通販は脆弱《ぜいじゃく》な仕組みに思えた。

電話を終えたわたしは商品を梱包し直し、返品用紙に所定の書き込みをして郵便局に持ち込み、その足で週三日勤務のドラッグストアへ急いだ。忙しいのにいい迷惑である。

だがその日の夕方だった。パートからの帰宅後、庭先で洗濯物を取り込んでいるとインターフォンが鳴った。そのまま玄関口へ出ると、宅配ピザの配達員が平たい箱を抱えており、相手はわたしに気づくと「お待たせしました、ドミーピザです」と頭を下げる。

心臓が慄《おのの》きで早鐘を打った。「あの、うちは頼んでいませんけど」

「あれ？　白井《しらい》さんのお宅ですよね」わたしは伝票を確認する配達員のそばに行き、それを覗《のぞ》き込んだ。そこには特に金本美幸の名前はなかった。だが商品名に目が留まった。

「お好みクアトロピザ……」ついそれを読みあげていた。子供が幼稚園に行っている間、ママ友四人でこれを頼んでいた。好きなピザを四つセレクトできるこの店の看板メニューだ。

手芸キットを送り付けた相手と同じ者の仕業なのだろうか。

「あの、これ、ネットか電話のどちらで注文されたものなんでしょうか」

「いやあ、僕ではちょっとわからないです」

「注文を受けた人に聞いてもらえませんか」

「はあ……」配達員はスマホを取り出し電話をかけた。事の経緯を簡単に話した彼は
「電話みたいっすね」とわたしに顔を向ける。

「その電話、録音はしてないんですか」

わたしの質問そのままを彼は電話の相手に尋ね、答える。「そういうことはしてないそうですよ」

「じゃあ、男か女か、どんな声だったかはどうです?」

彼は再び、電話相手に確認してわたしに伝えた。

「注文を受けたのが五日前の十八時三十一分の記録で、電話をかけてきた声までは覚えてないそうです。ほんとすみません。たまーにこういうことあるんですよね」

わたしは動悸《どうき》が治まらなかった。ビーズアクセサリー作りや、どんなピザを頼んでいたか知っているのは、ママ友四人だけだったからだ。

「え? ビーズやピザの話を誰かにした覚えがないかって?」

わたしはすぐさま風見に電話をかけた。

「そんな話……仮に世間話のついでに近所の人にしたとしても何年前のことよ、覚え

てないわ。一花ママだって同じでしょ」

「そうなんだけど、確かめずにはいられなくて」わたしとて子供のスイミング教室の待ち時間に誰かに喋ったかもしれなかったが、記憶になどなかった。

「まさか住田さんの仕業じゃないよね……」わたしがもう一人のママ友の名を出すと、風見は「ないないない」と打ち消した。

「外資のコンサル職でがっつり社会復帰してる人だよ？　そんな暇ないって。私たちよりよっぽどリセットできてるはず」

解決の糸口が見えないまま電話を切ったが、風見の言ったリセットという言葉でどこか我に返るところがあった。近年ではリセットどころか忘れていたからだ。

しかし、この正体不明者からの送り付け行為はまだ終わらなかった。夫は残業、娘は塾の、一人きりの晩に、夜間にもかかわらずインターフォンが鳴ってわたしはびくりとした。

今度は育児書だった。納品書を確認する。注文者はやはり金本美幸。この本をわたしは以前買ったことがあった。金本美幸に貸すためだ。

『子供の正しい叱り方』金本美幸は穏やかな性格で、息子の征也《まさや》に怒る場面を一度も見たためしがなく、叱るにしても「征也、だめよお」と柔らかくのんびりと窘《たしな》める程度だった。そのせいか征也は粗野なところが目立った。何をするにも乱暴でうるさく、はっきり言ってわたしは嫌いだった。だからこの育児書を金本美幸に「いい本がある」と貸したのだ。それは、もっとちゃんと躾《しつ》けてほしいという嫌味なメッセージで、これを渡された彼女が戸惑いつつも無理に「ありがとう」と笑ったのがどこか小気味よかった。

だが、この件は金本美幸とわたししか知らないはずだった。

翌朝もわたしはショッピングサイトに返品依頼をし、郵便局に箱を持ち込みパートに行った。忌々しいことに、夕方また荷物が届いた。今度は基礎化粧品三点である。知らないメーカーのもので注文者は金本美幸になっている。先の三回の品と比べると、私たちとは無関係な代物だ。わたしはメーカーのホームページを見てみた。通販限定の化粧品メーカーで、品質と同じくらい割引について大げさにうたっていた。なぜ今回はこれだったのか。

と、『お友達紹介キャンペーン』の文字にはっとした。

そうだ、わたしは金本美幸に自分の使っていた化粧品を買わせたのだ。紹介した相手が五千円以上購入すると、わたしに三千円の商品券が贈られる。それが目当てでわたしは金本に化粧品を薦めた。無理強いしたわけではない。だが気の弱い彼女がわたしの「これ絶対一度は使ってみるべき！」を断らないのはわかっていた。

育児書の件同様、わたしと彼女しか知らないことだった。もしかしたら――金本美幸の夫の仕業なのだろうか。夫なら細々と妻から話を聞いていたかもしれない。わたしは金本家がどこに引っ越したのか知らない。役場で転出先を教えてもらえるのだろうか。ネットで検索すると、身内や債権者でなければ簡単に教えてもらえないようだった。

翌日もわたしの罪を追及するかのように宅配便は続き、次は『靴のクラキ』からだった。段ボール箱いっぱいに幼児の上履きや長靴が詰まっており、わたしは「ひっ」と小さな悲鳴をあげた。意味は伝わった。この靴店はスクール雑貨が格安で主婦に人気だったが、八千円以上購入しないと送料が無料にならない。そのため私たちは四人でまとめ買いをしていたのだが、購入手続きを金本美幸に押しつけていた。そしてあるとき、わたしは長靴を彼女に返品してもらった。ピンク色が思ったほど良い色味じゃなかったからだ。その返品により送料が発生すると察していたが、わたしは知らぬ顔をした。ただそれだけの話だ。

明くる日にはミシンが届いた。わたしは裁縫が得意な金本に体操服袋や上靴入れを縫ってもらい、その腕前を褒めそやすとママ友二人もこぞって彼女を頼った。彼女は嫌な顔ひとつせず引き受けていた。だから夫のスラックスの裾上げを頼みもした。

以降もインターフォンは日に二度三度鳴り続けた。段ボール箱に溢《あふ》れんばかりのミニカーは「たくさんあるからいいじゃない」とバザーの目玉商品にするために出品させたことを指しているに違いない。インクジェットプリンターも運動会の写真を皆に配るため印刷を任せていた記憶に繫《つな》がる。ひとつひとつ過去の仕打ちを非難するように品物が届き、わたしは返品作業に追われる。送りつける速度も大きさや重さも構わないので部屋中が荷箱だらけになり始めていた。

「おかしいよ。なんでこんなに注文ミスが起こるの？」

ついに娘の一花の目に触れるようになり、娘が手に取った伝票をわたしは「見なくていいの」とむしり取った。

夫はあくまで悪質な悪戯と思っていて警察に相談に行こうと言うが、それだと何もかも詳《つまび》らかにしなければならないようで踏み出せないでいた。

そうして宅配ラッシュが始まって一週間が経った夕方、配達員が「五個口ですね」と玄関に段ボール箱を積み上げた。このまま中を見ずに受け取り拒否をしたかったが、見ないで返す怖さもあった。

わたしはカッターの刃を刺し、箱のひとつを開ける。

「いやあっ」わたしは尻餅をつきながらも後ずさった。

中にはぎっしりと青いビニール製の縄跳びロープが詰まっていた。やぶれかぶれで他の箱を次々開けると、どれもこれもから青い縄が弾《はじ》け出る。

金本美幸は青い縄跳びロープで首を吊《つ》ったのだ。

息子の征也はいつもこの縄跳びで遊んでいた。「蛇だ、へびー」と波打たせ、それに飽きるとロープを振り回した。その様子を彼女は微笑《ほほえ》みながら「あぶないよ」としか注意しない。

征也以上に母親の金本美幸が癇《かん》に障った。いつもおっとり穏やかで、征くんママは大人にも子供にも人気だった。ピアノが得意で子供たちにせがまれればなんだって弾けた。おまけにお嫁さんにしたいランキング一位の女優に似ていて、「征くんパパ、マジで羨ましい」と夫がしばしば口にした。息子一人まともに躾けられない女のどこがそんなにいいのか。

ある日、征也の振り回した縄跳びロープが偶然にも一花の頬を打った。打ち所が悪ければ失明だってしかねない蛮行だった。一花は泣きだし、当の本人は詫《わ》びもせずに逃げていき、代わりに金本美幸が一花の頭を撫《な》でさすった。「ごめんね、ごめんね」一花は泣き止《や》み、甘えるようにその腕の中に滑り込んだ。その様子さえ腹立たしかった。

こんな親子とのつきあいは御免だ！　わたしは翌日から金本親子を避けた。子供同士が遊ぶ約束をしても無視し、ママ友の集まりにも彼女だけ呼ばなかった。他のママ友も心中わたしと同じだったのかそれに倣い始めた。結果、金本親子は孤立した。征也が突然「遊ぼ」とうちに訪ねてきても、遊びに来た他の親子の笑い声が外に漏れていようが居留守を使った。そんな日々が二か月も続いたある日、金本美幸は自殺したのだ。

わたしは悪くない。ひとまず縄跳びの箱を片付けようと運ぶが、足元がもつれ、転んで中身をぶちまける。一花が帰ってきてしまう。慌てて掻《か》き集めるが、その手が他の箱を倒してしまい縄跳びが散乱する。辺りがうじゃうじゃと青い紐《ひも》で埋められる。

ふいにそのロープが蠢《うごめ》きだした錯覚に襲われ目をこする。「蛇だ、へびー」どこからか征也の幼い声が聞こえたようで肌が粟《あわ》立つ。

「やだ、やめてよ」

縄跳びロープがいつしか無数の蛇になり、とぐろを巻いてわたしを見ている。その蛇がしゅっと音をたてわたしの首に巻き付いた。苦しい。わたしは蛇を渾身《こんしん》の力で引きちぎる。

ぶちぶちぶちい。

ちぎれた蛇をかなぐり捨てるが、すぐさま次の蛇に飛びかかられ、それをまた断ち切る。蛇の臓物なのか顔がどろりと濡れ、嘔吐《おうと》し、それでも尚引きちぎり、喘《あえ》ぎながら格闘する。

「ママ！　なにやってるの！」

気づけば一花が呆然と立っていた。一花が見たのはドアノブに縄跳びを引っかけて、鼻水と涎《よだれ》を出して首をくっているわたしの姿だった。

わたしの無意識のうちの首吊り自殺は成功しなかった。なぜならすべての縄に切り込みが入っていたからだ。

「簡単に死なせない」金本美幸からのメッセージに違いなかった。


うちに僕を訪ねてきた相手を見て、すぐに一花だとわかった。

「征くんだよね。ママに変なもの送ってきてるの」

僕は父と一緒に祖父母の家に住んでいる。「よくここがわかったね」

「そんなの、ＳＮＳで探せばすぐわかるよ」

僕はうれしかった。母の予想した通り、大好きだった一花が僕に会いに来てくれたのだ。

『一花ちゃんとまた会える方法』中学になったら使ってね、と母が残した手提げカバンの内ポケットにそう題した遺言が入っていた。そこには何をどうやって一花ママに送るのか、すべて記してあった。

その便箋の最後はこう締めくくられていた。

『征也と一花ちゃんがずっと仲良しでいてくれたら、一花ママはお母さんのことを忘れないでいてくれると思うの。それがお母さんの望みです』

僕はこの遺言を叶《かな》えるつもりだ。

この物語はフィクションです。作中に同一の名称があった場合でも、
実在する人物・団体等とは一切関係ありません。

執筆者プロフィール一覧 ※五十音順

伽古屋圭市（かこや・けいいち）

一九七二年、大阪府生まれ。第八回『このミステリーがすごい！』大賞・優秀賞を受賞し、二〇一〇年に『パチプロ・コード』（文庫化に際し『パチンコと暗号の追跡ゲーム』に改題）でデビュー。他の著書に『21面相の暗号』『幻影館へようこそ 推理バトル・ロワイアル』『帝都探偵 謎解け乙女』『なないろ金平糖 いろりの事件帖』（以上、宝島社）、「かすがい食堂」シリーズ（小学館）、『クロワッサン学習塾』（文藝春秋）、『猫目荘のまかないごはん』（ＫＡＤＯＫＡＷＡ）などがある。

桂修司（かつら・しゅうじ）

一九七五年生まれ。第六回『このミステリーがすごい！』大賞・優秀賞を受賞し、二〇〇八年に『呪眼連鎖』（文庫化に際し『パンデミック・アイ　呪眼連鎖』に改題）でデビュー。他の著書に『七年待てない　完全犯罪の女』『ドクター・ステルベンの病室』（以上、宝島社）がある。

貴戸湊太（きど・そうた）

一九八九年、兵庫県生まれ。神戸大学文学部卒業。第十八回『このミステリーがすごい！』大賞U-NEXT・カンテレ賞を受賞し、二〇二〇年に『そして、ユリコは一人になった』でデビュー。他の著書に『認知心理検察官の捜査ファイル　検事執務室には嘘発見器が住んでいる』、『認知心理検察官の捜査ファイル　名前のない被疑者』（以上、宝島社）がある。

佐藤青南（さとう・せいなん）

一九七五年、長崎県生まれ。第九回『このミステリーがすごい！』大賞・優秀賞を受賞し、『ある少女にまつわる殺人の告白』にて二〇一一年デビュー。他の著書に「消防女子!!」シリーズ、「行動心理捜査官・楯岡絵麻」シリーズ、『嘘つきは殺人鬼の始まり　SNS採用調査員の事件ファイル』（以上、宝島社）、「お電話かわりました名探偵です」シリーズ（KADOKAWA）、「ストラングラー」シリーズ（角川春樹事務所）、「白バイガール」シリーズ、『犬を盗む』『一億円の犬』（以上、実業之日本社）などがある。

新藤卓広（しんどう・たかひろ）

一九八八年、宮崎県生まれ。第十一回『このミステリーがすごい！』大賞・優秀賞を受賞し、二〇一三年に『秘密結社にご注意を』でデビュー。他の著書に『アリバイ会社にご用心』（以上、宝島社）がある。

高山聖史（たかやま・きよし）

一九七一年、青森県生まれ。第五回『このミステリーがすごい！』大賞・優秀賞を受賞し、二〇〇七年に『当確への布石』でデビュー。他の著書に『消えたカリスマ美容師』『都知事選の勝者』（以上、宝島社）がある。

武田綾乃（たけだ・あやの）

一九九二年、京都府生まれ。第八回日本ラブストーリー大賞・隠し玉として、二〇一三年に『今日、きみと息をする。』でデビュー。他の著書に「響け！ユーフォニアム」シリーズ（以上、宝島社）、『嘘つきなふたり』（KADOKAWA）、『なんやかんや日記　京都と猫と本のこと』（小学館）、『愛されなくても別に』（講談社）、「君と漕ぐ」シリーズ、『可哀想な蠅』（新潮社）などがある。

辻堂ゆめ（つじどう・ゆめ）

一九九二年生まれ。神奈川県藤沢市辻堂出身。東京大学法学部卒業。第十三回『このミステリーがすごい！』大賞・優秀賞を受賞し、二〇一五年に『いなくなった私へ』でデビュー。ほかの著書に『コーイチは、高く飛んだ』『あなたのいない記憶』（以上、宝島社）、『悪女の品格』（東京創元社）、『僕と彼女の左手』『あの日の交換日記』（以上、中央公論新社）、「片想い探偵　追掛日菜子」シリーズ（幻冬舎）、『卒業タイムリミット』『サクラサク、サクラチル』（以上、双葉社）、『山ぎは少し明かりて』『十の輪をくぐる』（以上、小学館）など多数。

塔山郁（とうやま・かおる）

一九六二年、千葉県生まれ。第七回『このミステリーがすごい！』大賞・優秀賞を受賞し、『毒殺魔の教室』にて二〇〇九年デビュー。他の著書に『悪霊の棲む部屋』『ターニング・ポイント』『人喰いの家』『F霊能捜査官・橘川七海』「薬剤師・毒島花織の名推理」シリーズ、『「舌」は口ほどにものを言う　漢方薬局てんぐさ堂の事件簿』（すべて宝島社）がある。

中村啓（なかむら・ひらく）

東京都生まれ。第七回『このミステリーがすごい！』大賞・優秀賞を受賞し、二〇〇九年に『霊眼』（文庫化に際し『樹海に消えたルポライター〜霊眼〜』に改題）でデビュー。『仁義なきギャル組長』『美術鑑定士・安斎洋人「鳥獣戯画」空白の絵巻』（以上、宝島社）、『黒蟻　警視庁捜査第一課・蟻塚博史』『ZI－KILL　真夜中の殴殺魔』（以上、中央公論新社）、「SCIS　科学犯罪捜査班」シリーズ（光文社）がある。

中山七里（なかやま・しちり）

一九六一年、岐阜県生まれ。『さよならドビュッシー』にて第八回『このミステリーがすごい！』大賞・大賞を受賞し二〇一〇年デビュー。他の著書に『おやすみラフマニノフ』『さよならドビュッシー前奏曲　要介護探偵の事件簿』『いつまでもショパン』『どこかでベートーヴェン』『もういちどベートーヴェン』『合唱　岬洋介の帰還』『おわかれはモーツァルト』『いまこそガーシュウィン』『連続殺人鬼カエル男』『連続殺人鬼カエル男ふたたび』『総理にされた男』『護られなかった者たちへ』（以上、宝島社）、他の著書に「御子柴礼司」シリーズ（講談社）、「刑事犬養隼人」シリーズ（K

ADOKAWA)、「毒島刑事」シリーズ(幻冬舎)、「能面検事」シリーズ(光文社)、「ヒポクラテスの誓い」シリーズ(祥伝社)など多数。

ハセベバクシンオー(はせべばくしんおー)

一九六九年、東京都生まれ。獨協大学経済学部卒業。第二回『このミステリーがすごい!』大賞・優秀賞を受賞し、二〇〇四年に『ビッグボーナス』でデビュー。『「相棒」シリーズ 鑑識・米沢の事件簿~幻の女房~』(以上、宝島社)はのちに映画化された。ドラマの脚本なども手掛け、主な作品に「相棒」シリーズ、「警視庁捜査一課9係」シリーズなどがある。

林由美子(はやし・ゆみこ)

一九七二年、愛知県生まれ。第三回日本ラブストーリー大賞・審査員特別賞を受賞、『化粧坂』にて二〇〇九年デビュー。他の著書に『揺れる』『堕ちる』『逃げる』(すべて宝島社)がある。

深沢仁(ふかざわ・じん)

第二回『このライトノベルがすごい!』大賞・優秀賞を受賞、『R.I.P. 天使は鏡と弾丸を抱く』で二〇一一年デビュー。他の著書に『睦笠神社と神さまじゃない人たち』(以上、宝島社)、『この夏のこともどうせ忘れる』『渇き、海鳴り、僕の楽園』(ポプラ社)、『眠れない夜にみる夢は』(東京創元社)などがある。

深津十一（ふかつ・じゅういち）

一九六三年、京都府生まれ。第十一回『このミステリーがすごい！』大賞・優秀賞を受賞し、二〇一三年に『「童石」をめぐる奇妙な物語』（文庫化に際し『コレクター　不思議な石の物語』に改題）でデビュー。他の著書に『花工房ノンノの秘密　死をささやく青い花』『デス・サイン　死神のいる教室』『秘仏探偵の鑑定紀行』（すべて宝島社）がある。

降田天（ふるた・てん）

鮎川颯（あゆかわ・そう）と萩野瑛（はぎの・えい）の二人からなる作家ユニット。第十三回『このミステリーがすごい！』大賞・大賞を受賞し、『女王はかえらない』で二〇一五年にデビュー。他の著書に『匿名交叉』（文庫化に際して『彼女はもどらない』に改題）、『すみれ屋敷の罪人』（以上、宝島社）、『偽りの春 神倉駅前交番 狩野雷太の推理』（ＫＡＤＯＫＡＷＡ、表題作「偽りの春」で第七十一回日本推理作家協会賞短編部門を受賞）、『さんず』（小学館）、『事件は終わった』（集英社）などがある。

堀内公太郎（ほりうち・こうたろう）

一九七二年生まれ、三重県出身。早稲田大学政治経済学部卒業。『公開処刑人 森のくまさん』にて第十回『このミステリーがすごい！』大賞・隠し玉として二〇一二年にデビュー。他の著書に『公開処刑板 鬼女まつり』『だるまさんが転んだら』『公開処刑人 森のくまさん―お嬢さん、お逃げなさい―』『既読スルーは死をまねく』（以上、宝島社）、『「ご一緒にポテトはいかがですか」殺人事件』（幻冬舎）、「スクールカースト殺人教室」シリーズ（新潮社）、『タイトルはそこにあ